KB021410

장소의 연인들

채석장 그라운드
장소의 연인들

제1판 제1쇄 2023년 1월 3일

지은이 이광호
펴낸이 이광호
주간 이근혜
편집 김현주 최대연
마케팅 이가은 허황 이지현 맹정현
제작 강병석
펴낸곳 ㈜**문학과지성사**
등록번호 제1993-000098호
주소 04034 서울 마포구 잔다리로7길 18(서교동 377-20)
전화 02)338-7224
팩스 02)323-4180(편집) 02)338-7221(영업)
대표메일 moonji@moonji.com
저작권 문의 copyright@moonji.com
홈페이지 www.moonji.com

ISBN 978-89-320-4114-8 03810

장소의 연인들

이광호

문학과지성사

차례

I. 연인들의 아토포스

사랑이라는 장소

장소들은 사랑의 신체와 같다. 사랑의 감정은 시간 속에서 명멸하는 것이지만, 사랑이라는 사건이 이루어지기 위해서는 장소가 필요하다. 어떤 공간이 연인들의 장소가 된다는 것은 사랑이라는 사건의 개입 때문이다. 장소가 없다면 사랑은 구체적인 신체의 사건으로 실감되지 않는다. 사랑의 사건이 '함께 있음'의 행위라면, 장소는 함께 있음이라는 사건이 그곳에서 벌어졌음을 증거한다. 사랑의 사건은 장소 발생적인 성격을 갖는다. 사소하고 우연한 장소는 연인들의 시간을 통해 무엇과도 바꿀 수 없는 개별성을 갖게 된다. 연인들의 장소는 임의적으로 탄생한다. 연인들은 장소를 발명한다.

사랑이라는 사건에 구체성을 부여해주는 것은 육체와 장소라는 두 가지 물질적 조건이다. 연인들의 각각의 몸 역시 하나의 장소이다. 연인들의 장소로 진입하기 위해서는 부드럽고 축축하고 유연하고 날카로운 몸의 사건들이 일어나야 한다. 몸은 다른 존재, 다른 시간으로 열린다. 눈동자는 검은 책이 되고, 다리는 밧줄이 되고, 가슴은 동굴이 되고, 입술은 뿔이 되고, 팔은 깃발이 된다. 몸의 외부는 몸의 내부가 된다. 몸은 타자 안에서 밀도와 표면을 변화시킨다. 몸은 수축하며 확장되고 소름이 돋고 날아오른다. 그것은 타자 안에서 자기 몸의 '있음'을 지각하는 경험이다. 몸을 통해 사랑의 사건은 피부의 표면이 진동하는 촉각적이고 유물론적인 사건이 된다. 장소가 연인들의 장소가 되는 것은 피부의 사건이다. 연인들의 장소는 무방비로 노출된 피부들의 장소다. 연인들의 장소에서 손가락은 길어지고 피부는 진동한다. 한없이 가까운 곳으로 밀착할 때, 피부는 다가가고 떨리고, 또한 상처받는다. 누군가를 만지는 것은 필사적으로 다른 무언가에 닿으려고 애쓰는 것이다. 연인들은 촉각적으로 장소를 감각하고, 사랑은 촉지적인 사건이 된다. 그 장소에서 연인들은 자신들만의 촉각적인 아름다움을 만들어낸다. 연인들의 몸으로부터 연인들의 장소가 시작된다.

연인이 된다는 것은 통제 불가능한 하나의 행성이 되는 것이다. 그 행성이 떠도는 이유와 방향 같은 것은 없다. 연인들의 공동체는 무위한 열정으로 연결된 익명의 최소 공동체이다. 모리스 블랑쇼의 연인들의 공동체communauté des amants는 목적 너머의 공동체로서 전통적 형식도 사회적 승인도 염두에 두지 않는다. 사랑의 사건에는 아무런 목적과 과제가 없다. 함께 있음 자체가 목적이 되고, 과도한 정념은 합리적이지도 예측 가능하지도 않다. 세상의 모든 연인들이 어떤 세속적인 목적도 없는 무위의 정념 안에만 머물러 있는 것은 아니다. 연인들은 제도와 질서에 진입하기 위해 사회가 승인하는 수준으로 열정을 관리해야 한다. 그때 연인들은 사회와 제도가 인준하는 장소를 소유하려고 할 것이다. 하지만 가장 순수하고 급진적인 형태로서의 연인 공동체는 사회와 제도 너머에서 무위한 불온함을 밀고 나간다. '절대 공동체'로서의 연인들은 아무것도 생산하지 않지만, 그들 자신을 근본적으로 변화시키는 순간을 대면한다. '우리'라는 감각은 탄생하지만, 거기에는 어떤 권력도 정체성도 이름도 없다. 그들의 장소는 사회적인 장소의 틈과 바깥에 있다.

서로의 신체적 감각을 일치시키고 그 안에서 무언가를 '캐내는' 순간들은, 그것이 벌어진 물질적 공간에 의해 실감된다. 그 장소가 없다면, 연인들이 삶의 세부에서 하나이고 앞으로도 어쩌면 하나일 수 있으리라는 감각은 찾아오지 않는다. 이를테면 그들만의 '방'이 없다면, 연인들의 익명의 공동체는 시간의 추상성 속에서 떠돌게 된다. 사랑하는 연인들이 장소를 탄생시키는 것은 세상과 구별되는 자신들의 물질적 영역을 갖게 된다는 것이다. 연인들은 은둔자가 되려는 것처럼 숨을 장소를 찾는다. 파스칼 키냐르가 『로마의 테라스』에서 "사랑에 빠진 자는 구석으로 숨어든다"라고 했을 때, 그 '구석'이야말로 연인들에게 필연적인 장소이다. 두 사람은 기꺼이 이

방인이 되어 다시 올라오기 힘들지도 모르는 깊은 동굴을 파고 내려간다. 그곳은 소유의 장소가 아니다. 그들에게 장소는 임시적으로 가질 수 있는 선물이며, 한 장소와 똑같은 다른 장소는 없다. 그때 연인들의 장소는 내적인 동시에 우주적인 것이 된다.

연인들의 공동체를 만들어내려는 열망은 그들의 장소를 찾아내려는 분투를 의미한다. 물론 그 분투의 강렬함이 그 장소의 지속성을 담보하는 것은 아니다. 사랑의 지속에 대한 어떤 조약도 무의미하다. 사랑의 사건은 아무리 강렬하다고 해도 일회적이며, 되돌릴 수 있는 것이 아니다. 반복처럼 보이는 순간에조차 이미 다른 사건이라는 것을 사랑의 신체는 눈치챌 수 있다. 그 장소가 연인에게 절대적인 순간으로 다가올 때, 그곳은 시간적 질서를 넘어선 영원한 현재에 머무는 것처럼 느껴진다. 하지만 시간이 그 장소의 형언할 수 없는 촉각적인 아름다움을 빼앗아갈 것이라는 예감은 피할 수 없다. 그 장소의 세부가 사랑의 지속성과 영원성을 보장해주는 것은 아니다. 장소에 머물던 시간은 너무 빨리 떨어지는 창백한 촛농처럼 녹아 무너져 내린다. 모든 것을 덧없게 만들고 결국 기억할 수조차 없게 만드는 시간의 잔인한 힘 때문에, 장소의 저 무의미한 세밀함은 더없이 절실한 것이 된다.

그리고 잘못 해석되거나 놓쳐버린 순간적인 연인의 표정처럼, 그 장소들의 세부가 뒤늦게 다시 떠오르기도 하는 것이다. 이를테면 누군가의 지문이 남아 있는 흰색 가구의 표면과, 침대 프레임 사이에 끼여 있는 오래된 머리카락과, 낡은 방석 위에 남아 있는 액체의 얼룩 같은 것들 말이다. 이 우연하고 우발적인 촉각의 세계가 연인들의 장소이다. 어떤 장소의 세부는 너무도 강렬한 감각을 불러와서 날카로운 철사가 몸의 내부를 헤집는 듯한 통증을 주거나, 흰 눈이 쏟아져 내리는 날 자기 내부의 역겨움 때문에 입 안 깊숙이 손가락을 집어넣거나, 멀고 차가운 평원에서 시작된 거대한 슬픔이 몰려와서 몸을 짓누르는 것을 느끼게 된다.

아니 에르노의 『단순한 열정』에서 한 남자를 기다리는 것 이외에 아무런 삶의 의미를 찾지 못하는 여자는 그 사람이 떠나고 나서도 집 안을 정리하지 못한다. 유리잔, 음식 부스러기가 남아 있는 접시, 담배꽁초가 수북이 쌓인 재떨이, 방바닥과 복도에 흩어져 있는 겉옷과 속옷 들, 카펫에 떨어진 침대 시트 등을 말이다. 그것들이 모두 어떤 몸짓과 순간의 의미를 지니고 있는 물건들이라고 생각하고 그 상태로 보존하려 한다. 그 물건들은 미술관의 어느 작품보다 더욱 강력한 고통을 주는 그림과 같다. 심지어는 몸에 남은 흔적들을 보존하기 위해 다음 날까지 샤워도 하지 않는다.

물건들을 치우지 않는 것이 그들이 머물렀던 순간의 의미를 보존할 수 있다는 느낌을 주겠지만, 그 방은 완전하고 지속적으로 보존될 수 없다.

장소의 세밀함에 대해 생각한다는 것은 기억과 상상력의 문제이며 그것은 사랑의 장소를 잊지 않으려는 불가능한 노력의 산물이다. 잊지 않으려는 노력, 혹은 정확하게 기억하려는 노력은 사실상 불가능하며, 장소의 기억은 상상력의 힘을 빌리지 않으면 유지되지 않는다. 사랑의 장소들은 미래의 스크린에 언제든지 똑같이 재상연될 수 있는 필름이 아니다. 장소의 기억을 지키기 위해서는 끊임없이 상상해야만 한다. 망각과 죽음의 시간에 가까워질수록 더 필사적으로 상상해야만 한다. 장소에 대한 상상력이란 기이한 약속이며 고백과 같다. 그것이 약속인 것은 망각의 캄캄한 어둠 속에 그 장소의 시간들을 일찍 봉인하지 않겠다는 다짐이기 때문이다. 동시에 그것이 고백인 것은 약속이 지켜지지 않을 것임을 너무나 잘 알고 있기 때문이다. 장소를 둘러싼 상상력은 지켜지지 않을 약속에 대해 깊은 숨을 내쉬는 고백이 된다.

시간은 숫자에 의해 규정되지만 장소는 규정되지 않는다. 도대체 몇 번지 같은 숫자들이 장소에 대해 말해줄 수 있는 것이 무엇이란 말인가? 장소는 숫자나 기호로 환원되지 않는 우연한 물질적인 세부와 그 공간을 채우는 공기의 질감으로 구성된다. 그 장소를 완전히 재현한다는 것은 불가능하기 때문에, 장소에 대한 상상력은 '여행에 대한 여행'이 된다. 연인들이 장소를 발명한다는 것은 그 자체로 하나의 여행이며, 지금은 없는 장소를 다시 기억하고 상상한다는 것은 그 여행에 대한 여행이다. 첫번째 여행은 장소에서 벌어진 신체의 사건 자체가 여행의 성격을 갖는다는 의미에 가깝다. 두번째 여행은 그 장소를 다시 상상하는 일, 간신히 기억할 만한 세부를 찾아내려는 기이한 분투이다. 그 장소의 전모를 재현하지 못하기에, 결국 그곳에 영원히 닿지 못하는 여행이 된다. 함께 있었던 장소의 사소함에 대한 필사적인 상상에도 불구하고, 저 비밀스러운 상실은 더욱 비밀스러운 것이 된다.

헤테로토피아와 아토포스

장소를 둘러싼 유력한 개념들은 이미 존재한다. 그 개념들에 연인들의 사건을 개입시킨다는 것은 무엇인가? 개념들의 지도 사이에서 사랑의 상상력은 어떤 얼룩을 만들 수 있을까? 우선 '장소'와 '공간'이라는 개념의 문제가 있을 수 있다. 지역성에 기초하고 생활세계와 체험에 부착되는 대상을 '장소'로 이해하고, 상대적으로 특수화되지 않는 추상적이고 유동적인 대상을 '공간'으로 인식할 수 있다. 추상적이고 물리적인 공간에 개인 주체의 체험과 실존의 관계가 개입되면 '장소'가 될 수 있다. 도시에는 수많은 물리적 공간이 있지만, 연인과 함께 그 공간에서의 고유한 시간이 경험되었을 때 그것은 연인들의 장소가 될 수 있다. 버스 정류장이라는 공간에서 연인과 그곳에서 함께 있음을 감각할 수 있는 사건이 일어난다. 연인들의 상기된 피부와 빗물의 리듬과 우산의 펼침 사이에 어떤 '정동'이 일어났다면, 그 공간은 연인들의 장소가 될 수 있다.

마르크 오제가 '장소가 아닌 장소'로서의 '비장소non-lieux'라는 개념을 말할 때, 그곳은 역사성의 의미가 있고 사람들의 관계와 유대를 만들어 개인의 정체성에 준거를 제공하는 '인류학적 장소'에 대비되는 곳이다. 비장소는 이동과 소비 커뮤니케이션을 위해 익명성 속에 서로를 소외시키는 곳이다. 자동차 도로, 체인 호텔, 공항, 철도역, 환승 공간, 레저 파크, 고속도로 휴게소, 쇼핑센터, 대형 할인 매장 등 전 세계 어디에든 똑같은 풍경을 만드는 곳, 그리고 새로운 미디어 환경에서의 SNS나 스마트폰 앱상의 지도처럼 가상 공간의 영역을 말한다. 비장소는 머무는 것이 목적이 아니라 통과하는 것이 목적인 장소들이다. 특정한 공간을 이용하는 사람들 사이의 관계의 부재, 역사성의 부재, 고유한 정체성의 부재로 인해 과거와 분리되어 비매개적인 거래 과정만으로서의 커뮤니케이션만 있는 곳이다. 하지만 비장소는 상대적인 개념일 수 있다. 같은 공간이라고 하더라도 그곳에서 벌어지는 개인들의 실천과 관계에 따라 그것은 '장소'의 성격을 띨 수 있다. 익명적인 교환만이 있을 것 같은 환승 공간이나 고속도로 휴게소에서 개인들의 실존적 관계가 일어날 수 있으며, 그곳은 연인들의 특별한 장소가 될 수 있다. 비장소가 공간의 '과도함'이 문제라면 연인들의 장소는 타자를 향한 내적 교류가 살아 있는 '최소'의 장소이다.

연인들의 장소와 연관해서 좀더 흥미로운 개념은 미셸 푸코의 '헤테로토피아hétérotopie'이다. 헤테로토피아는 사회 안에 존재하면서 유토피아적인 기능을 수행하는 실제로 현실화된 유토피아적인 장소이다. 실제 위치를 한정할 수는 있지만 모든 장소의 바깥에 있는 장소들이다. 그곳은 주어진 사회 공간에서 발견되지만 다른 공간들과는 그 기능이 상이하거나 정반대인 독특한 공간이다. 헤테로토피아의 시간-공간들은 내가 있으면서도 존재하지 않는 장소이다. 가령 거울은 그 안에 실제로 내가 부재하는 곳에서 나 자신이 스스로를 바라볼 수 있게 해준다. 전통적인 시간과 단절되는 휴양촌은 일상적 존재를 축제화하면서 나를 타자로 만드는 장소이다. 아이들에게는 정원의 깊숙한 곳, 다락방, 다락방 한가운데의 인디언 텐트, 목요일 오후 부모의 커다란 침대가 헤테로토피아의 장소이다. 부모의 커다란 침대는 아이에게 헤엄칠 수 있다는 측면에서 대양이며, 스프링 위를 뛰어오를 수 있기 때문에 하늘이고, 숨을 수 있기 때문에 숲이며, 이불을 뒤집어쓰고 유령이 될 수 있기 때문에 밤이고, 부모가 돌아오면 혼날 것이기 때문에 금지된 쾌락이다. 헤테로토피아는 또한 양립 불가능한 여러 공간을 실제의 한 장소에 겹쳐 놓는 원리를 갖고 있다. 극장은 이차원의 공간에 삼차원의 공간을 영사하기 때문에 헤테로토피아가 된다. 아마도 세상에서 가장 오래된 헤테로토피아는 페르시아의 정원일 것이다. 식물들의 완벽한 표본을 보여주는 이 정원에서는 온 세상이 상징적인 완벽성을 얻는다. 본래 이 정원의 복제물이었던 양탄자는 그 자체 공간을 가로질러 움직이는 정원이라 할 수 있다. 헤테로토피아는 또한 시간의 독특한 분할과 연관되는데 박물관과 도서관은 한 장소 안에 모든 시간과 시대와 형식과 취향을 가두어놓으려는 의지, 시간 바깥에 있으면서 모든 시간을 부식되지 않게 담아둘 장소를 구성하려는 발상으로 인해 19세기 서양 문화에 고유한 헤테로토피아이다.

헤테로토피아는 연인들의 장소를 둘러싼 흥미로운 영감을 제공한다. 연인들의 장소야말로 은밀하게 현실화된 유토피아로서 '반공간'의 성격을 갖기 때문이다. 이를테면 연인들의 다락방과 정원은 그들의 헤테로토피아인 것이다. 하지만 연인들의 헤테로토피아는 '이미' 존재하는 것이 아니라, 연인들이 행하는 사랑의 사건을 통해 '일어날 수 있는' 잠재적인 장소이다. 특정한 장소가 연인들의 장소가 될 수 있는 것은, 그 장소의 물질적·지리적·구조적 특징 때문이 아니라, 연인들의 사랑의 '수행성'의 문제이다. 어떤 특정한 장소들은 '사랑-하다'의 행위를 통해 '장소-하다'의 자리가 될 수 있다. 거기에서 연인들의 몸이 무언가를 일으켜야 한다. 그것은 이미 사회적으로 규정된 공간에 침투하여 그 공간의 형질을 변경하는 사태이다. 연인들의 장소는 그래서 잠재적이고 임의적이다.

롤랑 바르트는 장소를 의미하는 그리스어 '토포스topos'에 부정의 접두사를 붙여서 '아토포스atopos'라는 개념을 말한 적이 있다. 바르트의 개념은 마르크 오제의 사회적이고 지리적인 의미의 '비장소'라는 개념과는 조금 다르다. 이 말은 특정한 장소에 고정될 수 없고 정체를 알 수 없다는 맥락을 갖는다. 바르트는 『사랑의 단상』에서 "내가 사랑하고 나를 매혹시키는 그 사람"을 아토포스라고 명명한다. 아토포스는 어떤 상투적인 것들에도 포함될 수 없으며, 끊임없는 독창성으로 인해 분류될 수 없고 특징지을 수 없는 존재이다. 이 말은 플라톤의 『대화편』에서 소크라테스가 유혹자 혹은 연인으로 등장하고 그의 정체불명의 개성으로 인해서 아토포스라고 불린 데서 기원한다. 이 매력적인 명명 방식은 사랑하는 '그 사람'은 어디에도 고정되어 있지 않고 그 정체도 알 수 없다는 사태를 드러낸다. 바르트가 '그 사람'을 아토포스라고 말한 것은 사랑하는 대상의 존재 방식을 넘어서 그 관계에 관련된 문제이다. 독창성의 진짜 처소는 그 사람도 '나 자신'도 아닌 바로 우리 관계라고 바르트는 말한 바 있다. 바르트는 또 다른 단장 형식의 글에서 '아토피아atopie'를 언급한 적이 있는데 이 역시 유토피아에 대비되는 개념으로서 '등록'에 저항하는 장소이다. 그 사람의 아토포스적 존재 방식을 만드는 것이 사랑이라는 사건이라면, 아토피아는 모든 연인들의 장소가 될 수 있다.

연인들의 장소는 고정되어 있지도 않고 정체를 알 수 없는 곳이다. 사랑의 사건은 장소에 대한 일반적인 사회적 규정과 분류, 장소들의 위계를 무의미하게 한다. 연인들의 장소라는 맥락에서 신성한 장소, 고급스러운 장소, 쾌적한 장소, 권위적인 장소 같은 것은 의미가 없다. 연인들의 장소는 장소의 대립과 위계를 가로지른다. 연인들의 장소라는 맥락에서 공적인 장소는 사적인 장소가 될 수 있고, 권위적인 장소는 희극적인 장소가 될 수 있으며, 성스러운 장소는 외설스러운 장소가 될 수 있다. 가령 거대한 기념비와 딱딱하고 무거운 전쟁 무기들이 전시된 전쟁기념관은 어스름이 밀려오면 아이들의 놀이터나 연인들의 밀회의 장소가 될 수 있다. 연인들의 장소는 공간을 둘러싼 권력의 통치가 힘을 발휘하지 못하는 등록되지 않은 시간–공간이다. 그곳은 사회 체제와 배치의 규범, 그 틈과 바깥에 있다. 연인들의 장소는 사회적 몫을 갖지 않는 세상의 바깥이다. 연인들은 사랑의 사건이 벌어지는 장소를 독창적이고 정체가 불분명한 곳, 촉각적인 에로스의 자리로 만든다.

연인들의 장소 없음

장소에 이름을 붙인다는 것은 불가능하며 그 공간들은 대개 익명의 방식으로 남아 있다. 연인과 함께 본 공연 티켓은 바지 주머니 속에 부주의하게 들어 있다가 세탁기 안에서 흰 부스러기가 되어버린다. 티켓은 모퉁이만이 작은 삼각형 형태로 남겨져 희미한 숫자가 보인다. 잊혀진 장소 속에는 영원히 가질 수 없는 상태로만 잔존하는 것들의 사라진 섬광이 있을 것이다. 개인의 기억이란 언제나 무력하며, 매번 똑같이 기억되는 진실 같은 것도 없다. 기억 너머에서 살아 있는, 저 헤아릴 수조차 없는 시간들은 스스로 말하는 법이 없다. 주의를 기울이고 흔적을 찾아다니는 사람들에게만 시간의 흔적은 겨우 조금씩 말하기 시작한다. 그 장소들이 몸에 새겼을지도 모르는 희미한 흔적들, 균열의 감각들과 냄새와 질감을 상상할 수 있을 뿐이다.

연인들의 함께 있음은, 혼자 태어나 죽을 수밖에 없는 불연속적인 존재가 할 수 있는 기적 같은 연속성의 경험이다. 하지만 그 연속성의 순간은 유지될 수 없고 그것에 대한 열망과 동경만 남게 된다. 장소는 그 연속성의 순간을 둘러싼 가시적이고 물질적인 이미지이다. 그것은 신체적인 교감이 공간의 영역으로 확장된 것이라고 할 수 있다. 그 장소는 그들의 사랑과 신체의 연속성을 약속하는 이미지처럼 보인다. 하지만 연인들에게는 그들의 결합을 확인하는 순간보다 오랫동안 그것을 경험하지 못할 가능성이 더 많다. 지속의 불가능 앞에서 열망은 고통을 수반하고, 장소의 이미지는 실재했던 사랑의 반짝이는 스크린으로 남는다. 그 스크린에 상연되는 것은 격정의 순간과 그 안에 이미 잠재되어 있는 소멸과 죽음의 예감이다.

연인들의 장소에서 비밀은 따뜻한 물살처럼 그들의 몸을 에워싸지만, 또한 쉽게 그들의 몸 사이로 빠져 나간다. 연인들의 장소는 축적되지도 않고, 지속되지도 않으며, 무한하지도 않다. 장소의 이야기는 장소의 물질성과 사실성을 비껴간다. 장소는 가장자리가 해지고 색이 바래고, 벽이 부서지며 천장이 허물어져 내린다. 언제나 충만한 기억으로 보존되어 있는 그런 연인들의 장소는 없다. 어떤 장소들은 돌이킬 수 없는 기억처럼 조용하고 잔인한 고통을 준다. 그리고 장소는 아름다웠다고 기억하지만 암기할 수 없는 문장처럼 잊힌다. 그것은 잘못 이해했던 표정들, 몸짓들처럼 남는다. 내가 간신히 붙잡고 있는 것은 장소의 파괴된 잔해들이며 그 잔해들에 휩싸인 스스로를 발견하는 것이다. 장소는 계속 의심과 망각의 대상이 되어간다. 그것은 '장소의 멜랑콜리'라고 할 수 있다.

장소를 둘러싼 어긋남과 망각이 연인들의 삶을 재의 시간으로 만들 것이다. 만질 수 없는 햇빛 아래 하루하루는 재처럼 얇게 쌓일 것이다. 진부하고 아무런 감동도 아픔도 없는 매일이 삶을 지배할 것이다. 조금 멍한 상태로 그날 몫의 부자연스러움을 마치 자연스러운 것처럼 느끼며 살아간다. 삶의 거대한 비현실이 언제 마감될 것인지 짐작하면서, 똑같은 공허와 치욕들이 반복되고 그것들에 대한 감각조차 무뎌진다. 몸짓과 표정은 데스마스크처럼 판에 박힌 것이 되어간다. 시간이 연인들 사이의 진실을 흔적 없이 먹어치우게 된다. 장소조차도 늙어갈 것이다. 연인들의 장소는 언제나 실패의 장소이다. 이 실패는 무위한 열정에 사로잡힌 연인들의 장소 자체에 이미 잠재되어 있는 실패이다.

'장소 없음'이란 연인 공동체의 피할 수 없는 조건이다. 그것은 연인들의 장소가 생성된다는 것의 어려움, 그 장소가 지속된다는 것의 불가능을 말해준다. 연인들이 자신들의 장소를 만든다는 것은 어떤 모험을 의미한다. 다른 한편으로 이 장소 없음에는 사회적인 차원이 있다. 연인들은 장소의 주인이었던 적이 없다. 연인들에게 장소의 몫은 주어져 있지 않다. 연인들은 장소를 점유하거나 소유할 만한 권력을 갖지 않는다. 연인들에게 장소는 처음부터 자신들의 것이 아니었다. 사회는 제도에 편입되지 않은 연인들을 보호하지 않는다. 국가는 통치성의 차원에서 사회적 생산에 참여하는 제도적인 '가족'만을 관리한다. 국가와 사회는 연인들의 장소를 제한하고 박탈한다. 연인들은 사회와 제도의 바깥 혹은 경계에 머물고, 그 열정의 과잉은 반사회적이거나 불온한 것처럼 보인다.

두 사람은 그 장소에서 서로를 완전히 노출시키는 것 이외에 장소로부터 성취를 갖지 않는다. 그들 자신의 고독을 서로에게 던져버린 것밖에 다른 어떤 목적도 가짐도 없다. 연인들은 장소 자체를 숭배하거나 의미화하지도 않는다. 그들의 '함께 있음'만이 장소의 사건이다. 연인들의 장소가 가진 특이성이 있다면, 장소를 촉각적인 세계로 바꾸는 데에 있다. 장소의 박탈은 촉각적인 세계의 박탈이다. 장소 없음은 이 촉각적인 세계의 부재이다. 장소를 둘러싼 실패는 촉각적인 시간의 도래와 지속에 관한 실패이다. 장소를 둘러싼 연인들의 저 무위의 움직임은 실패를 통해 다른 시간의 잠재성을 두드린다. 장소 없음은 장소의 근원적인 불가능성이 아니라 장소를 '가질 수 없음'이며, 장소의 '지금' 없음 혹은 장소의 '아직' 없음이다. 장소 없음은 사랑이라는 사건의 또 다른 잠재성이다. 장소의 부재로부터 장소의 시작으로 돌아갈 수 있을까?

II.   욕조와
      우주선

소음에 둘러싸인 방

마르그리트 뒤라스의 『연인』에서 열다섯 살의 프랑스 소녀와 부유한 중국인 청년이 프랑스의 식민지인 사이공에서 만난다. 이 특별한 연인들이 사랑을 나누는 곳은 중국인 남자가 여자를 만나기 위해 구해놓은 오후의 독신자 아파트이다. 그 아파트는 시끄러운 거리의 한가운데 있었기 때문에 거리의 소음들이 수시로 침입한다. 시내의 남쪽에 있는 건물은 현대식 외양과 그럴싸한 가구들로 꾸며져 있지만 서둘러 실내 장식을 한 느낌을 준다. 방의 창문에는 유리창이 없고 발과 블라인드만이 내려뜨려 있다. 햇빛을 받아 오가는 사람들의 그림자가 어른거리고 나막신 딸그락거리는 소리와 날카로운 중국어들이 머릿속을 때린다. 중국식 수프 냄새, 푸성귀와 재스민차 냄새, 향불과 숯이 타는 냄새가 스며들어 온다. 거리의 소음들은 너무 가까운 데서 들려와서 블라인드의 나무로 된 살들에 부딪혀 비벼대는 것 같고, 사람들이 방 안을 가로질러 가는 것처럼 느껴진다. 사람들에게 이해받을 수 없는 연인들의 침대는 거리의 한가운데 있는 것이다. 그러나 거리의 소음을 더 이상 듣지 않게 되는 그런 순간은 오기 마련이다.

그 방은 타원형의 베란다와 돌출된 창문을 가지고 있는 낡은 빌라 안에 있었다. 사람이 거의 드나들지 않는 정체를 알 수 없는 사무실이 있는 앞집 건물과 익숙한 전봇대와 가로등, 그리고 그 뒷집의 커다란 은행나무가 전망의 전부이다. 창백한 빛이 스며드는 아침이면 출근하는 사람들의 분주한 발소리가 들린다. 저녁이면 일상적 의례처럼 앞집에 사는 여자가 나와 집 나간 고양이를 큰 소리로 불렀기 때문에, 그 집 고양이의 이름을 알 수밖에 없다. 밤이 오면 발코니 쪽에 있는 하얀색의 무광택 옷장이 가로등 빛에 물들기 시작하고, 자동차의 헤드라이트 불빛이 스치기도 한다. 어떤 새벽이면 편의점 앞의 취객들이 알 수 없는 소리를 지르기도 한다. 비바람이 심한 날이면 낡은 창문틀이 심하게 흔들리고, 전위적인 음악처럼 전선이 창문을 때리는 소리가 들린다. 낡은 알루미늄으로 만들어진 창문은 심하게 낡아서 삐걱거렸기 때문에 한쪽만을 열 수 있다. 거리의 소음들은 이 공간이 세상과 분리될 수 없음을 알려준다. 새벽에 희미하게 들리는 고양이 울음소리는 닿을 수 없는 먼 시간에서 온 것 같다. 가끔 집 앞에서 다투는 연인들의 소리를 듣기도 하는데, 세상의 연인들은 모두 자신도 이유를 알 수 없는 분노와 자기혐오를 가지고 있는 것처럼 보이는 것이다. 연인들은 그들의 맹세와 변명과 애원의 이유를 끝내 알지 못할 것이다. 그와 함께 있을 때 거리의 소음은 어느 순간 정신을 어지럽혔다가 어느 순간 사라져버린다.

연인들이 머무는 장소의 기본 단위는 집이 아니라 방이다. 그것은 그들이 제도적이고 물질적인 안정에 진입하지 못했음을 의미한다. 방은 현재적인 체류의 지점이지만 소유한 곳은 아니다. 연인들의 방은 여행지의 숙소나 카페의 좌석처럼 임시적인 체류의 장소이다. 연인들이 방에 머문다는 것은 그들이 머무는 장소가 유동적이며 잠재적이라는 말이다. 연인들이 방에 머물 때 그 방에서는 무언가가 일어날 것이다. 그 방에서 연인들은 바깥 세계에 대한 감각을 잠시 잊을 수도 있다. 하지만 그 방은 외부로부터 완전히 단절된 공간은 아니다.

연인들의 방은 세상과 가까이 있으면서 세상에서 단절되어 있다. 그 공간이 세상과 사회에 둘러싸여 있다는 것을 알게 되는 것은 외부로부터의 소음 때문이다. 그 소음은 가장 은밀해야 할 그들의 사랑이 세상에 노출되거나 추문이 될 수 있다는 것을 예고한다. 연인들의 서로에 대한 몰입의 순간이 지나간 다음, 소음이 더 크게 들리는 것은 그런 이유 때문이다. 연인의 방에는 그 소음을 잠시 잊게 되는 절대적인 순간들이 있다. 그 순간에는 그 밖에 중요한 일은 아무것도 없는 것처럼 느껴지지만, 세상의 소음이 귀에 꽂히는 시간은 반드시 온다. 그들은 창을 닫아야 하겠지만 창을 열어야만 하는 시간들도 있다. 가난한 연인들이 세를 얻은 방은 대개 소음에 노출되어 있고, 값비싼 현대적 주택일수록 방음이 잘된다는 것은 의미심장한 문제이다. 가난은 집의 벽들을 얇게 만들고 창문으로 새어 나오는 소음을 차단하지 못하게 한다. 세상의 소음과 완벽하게 단절된 공간은 없으며, 누군가에게는 자신들이 내는 소리조차 소음으로 들릴 수 있다는 것을 알게 되는 당황스러운 순간이 온다. 그럴 때면 기이한 불안감과 모욕감이 밀려와 다시 창문을 닫아야 한다. 그것은 마치 어두운 밤에 불을 켜고 있으면 창문을 통해 이 공간이 무대가 된다는 것을 깨닫게 되는 당혹감과 같다.

함께 나눈 대화들을 누군가 엿듣고 있다면, 감정의 과잉과 낭비로 가득 차 있는 소음에 불과하다는 것을 알게 될 것이다. 나와 그는 지나치게 많이 말하고 그만큼 침묵의 순간을 사랑한다. 옅은 어둠 속에서 종교적인 침묵이 찾아오는 순간, 그의 흐린 얼굴에 한없이 다가간다. 어디서 왔는지 모르는 불안과 현기증을 불러일으키는 절실함과, 고백보다 더 뜨거운 말들은 연인들의 공간을 채웠다가 소멸할 것이다. 함께 만들었던 사소한 소음들이 피부에 스며들어 있다는 것을 알지도 못한 채로.

베란다와 발코니

『로미오와 줄리엣』을 비롯한 익숙한 사랑의 서사에서 발코니가 로맨틱한 느낌을 자아내는 것은, 은밀한 경계의 영역이기 때문이다. 가면 무도회에서 줄리엣을 보고 첫눈에 반한 로미오는 그날 밤 살인으로 얼룩진 원수의 집안인 캐퓰릿가 저택의 담장을 넘어 몰래 숨어든다. '사랑의 가벼운 날개'로 로미오는 돌로 지은 장애물을 넘는다. 로미오는 발코니에서 줄리엣의 독백을 듣게 되고 그곳에서 둘은 사랑의 서약을 한다. 발코니는 이 희곡에서 핵심적인 공간이다. 위험을 무릅쓰고 원수 집안의 담장을 넘어야만 만날 수 있는 연인의 독백을 엿듣는 곳이며, 그 독백에 응답하고 구애를 가능하게 하는 공간이다. 발코니는 사회적 경계를 넘어선 맹목적인 열정이 연인의 진실을 대면하게 만드는 공간이다. 발코니라는 장소가 없었다면 로미오와 줄리엣이 서로의 진심을 극적으로 알게 되는 일은 발생하지 않았을 것이다. 한 공간이 개방감과 은밀함의 느낌을 동시에 갖는다는 것은 발코니가 아니면 불가능하다. 발코니는 예기치 않은 외부의 틈입처럼 기이한 열정이 느닷없이 시작되는 곳이다.

발코니, 베란다, 테라스 같은 용어를 정확하게 구분해서 사용한 적은 많지 않다. 이 공간들은 모두 건물의 내부와 외부의 경계에 위치한다는 공통된 이미지를 갖고 있다. 외부와 연결되어 있고 바람과 햇빛을 느낄 수 있는, 건물에 붙은 영역이다. 이것들은 외부와 교통함에도 불구하고 '문'이 아니다. 발코니와 베란다로 집에 출입하는 것은 침입자들이다. 출입하는 문은 아니지만 공기와 바람이 드나드는 공간이라는 점은 이 경계적인 지점의 매력이다. 건물이 주는 안전함으로부터 한 걸음만 나아가면 햇볕이 쏟아지는 공간에 서 있을 수 있다는 기대 말이다. 이런 공간들을 통해서 건물의 안과 밖의 단절을 허물고 열린 경계에 설 수 있다. 아파트에서 베란다라고 부르는 공간은 사실은 개방감이 적은 밀폐된 발코니이다. 아파트 발코니가 바닷가 호텔의 발코니보다 영감과 상상력의 원천이 되지 못하는 것은, 그 발코니의 개방감을 제한하는 삶의 안정감을 선택했기 때문이다.

이 도시에서 가장 큰 타워 아래 골목에 그 사무실이 있었다. 타워로 올라가는 케이블카를 타기 위해 지나야 하는 번잡한 골목에 사무실이 있다는 것은 어색했다. 사무실 건물 옆에는 호프집과 분식집 그리고 카페라고 하기엔 좀 허술한 커피 가게가 있었다. 엘리베이터도 없는 5층의 사무실은 옥탑방이라고 부르는 그런 공간이었고 넓은 옥상 베란다가 있었다. 베란다 바로 위에는 타워가 하늘을 떠받치는 거대한 기둥처럼 서 있다. 계절이 바뀌면 베란다에 나가보는 일이 점점 잦아진다. 저녁이 되면 타워의 불빛이 먼 곳에서 오는 해석할 수 없는 신호처럼 반짝거린다. 비가 내리는 오후에는 처마에 서서 빗방울이 낡고 울퉁불퉁한 옥상 시멘트 바닥에 떨어지는 것을 한동안 들여다본다. 비는 아주 오래전의 우기에서 이미 시작된 것 같았고, 타워는 잿빛 구름 속에서 순식간에 모습을 감춘다. 그때 어떤 미래를 생각하는 것은 무기력한 동시에 우스꽝스러워 보인다.

내가 살던 집 건물의 4층 꼭대기 층에는 통창을 열고 베란다로 나갈 수 있는 공간이 있었다. 그가 이 동네에서 가장 좋아하는 공간이라고 말해주었기 때문에, 에어컨 실외기와 죽은 화분들의 잔해가 있던 그 공간은 갑자기 고유한 뉘앙스를 갖게 되었다. 베란다는 철제 난간으로 둘러싸여 있었고 그 난간의 높이는 가슴 정도에 위치했다. 그 베란다 난간에 기대고 있던 그가 더 높은 데서 보기 위해 갑자기 난간 아래의 시멘트 부분을 밟고 올라섰기 때문에, 그의 몸이 순간적으로 기울어진다. 실제로 그가 균형을 잃었는지는 알 수 없지만, 그의 긴장한 뒷무릎과 허리의 기울어짐을 느낄 수 있다. 검은색 니트를 입고 있던 그의 허리를 가볍게 받쳐준 것이 우발적인 일인지, 아니면 그가 그 난간에 올라서던 그 순간부터 상상했던 일인지는 분명하지 않다. 두 사람 사이의 섬세한 균형이 무너지기 시작한다. 그가 골목 너머에서 무엇을 보고 싶어 했는지는 알 수 없을 것이다. 비밀스런 시선은 그와 잘 어울렸다.

베란다로 나가는 통창은 구형 모델이어서 문을 여는 방식이 독특하다. 손잡이를 위로 올리고 몸 앞으로 창문을 힘껏 당긴 뒤에 다시 옆으로 밀어야 열리는 방식이다. 통창을 앞으로 당길 때 그 문의 묵직한 무게가 온몸으로 전해졌기 때문에, 어떤 둔중함을 감당하지 않으면 밖으로 나갈 수 없다는 명령을 받드는 것 같다. 수없이 많은 충동적인 순간에 나는 그 통창을 열고 베란다로 나갔고, 비 오는 밤에는 거의 발작적으로 베란다로 튀어 나가기도 한다. 베란다 통창에 문제가 생겼다는 것을 어느 날 알게 되었고, 통창은 시효를 다한 것처럼 봉인되었다. 사소한 고장일 수 있겠지만 그 방을 떠날 때까지 나는 통창을 고치지 않는다.

책과 의자가 있는 방

베른하르트 슐링크의 『책 읽어주는 남자』에서 연인들은 하나의 책을 같이 읽는다. 병에 걸려 허약해진 열다섯 살의 소년이 서른여섯 살의 여자와 연인이 되었을 때, 그들의 사랑의 의례에서 가장 중요한 것은 책을 읽어주는 시간이다. 문맹이었던 그녀는 그 사실을 숨기고 소년에게 책을 읽어달라고 끝없이 요청한다. 두 사람이 책을 읽고 몸을 씻는 일은 마치 그들만의 정해진 의례와도 같다. 소년이 그녀와 함께 욕조에 있기 위해서는 『전쟁과 평화』 같은 책들을 읽어주어야만 한다. 그녀는 소년이 읽어주는 책에 몰입하여 즐겁게 웃고, 경멸에 차서 씩씩대고, 격분하고, 인물에 동조하여 소리를 지른다. 소년의 책 읽기는 셰에라자드처럼 그들의 사랑의 의식을 진행하기 위한 의무이고, 같은 세계를 여행하는 고유한 방식이다. 그 독서의 의례는 그녀가 홀연히 사라짐으로써 끝난다. 그들의 은밀한 독서가 끝나는 시간이 들이닥친다.

책은 정리되어 있지 않으면 의미가 없는 사물이다. 책들이 점점 많아져서 책장 앞에 다시 책을 쌓아놓기 시작했다. 안쪽에 있는 책들의 제목을 볼 수 없는 상황에 이르면 책은 쓸모없는 거대한 가구 같았다. 찾을 수 없는 책은 다만 두꺼운 종이 뭉치를 접착제로 붙여놓은 사물일 뿐이다. 그것은 다른 사물들처럼 나름의 무게가 있고 더러워지고 모서리가 낡아가며 언젠가는 버려진다. 방은 책으로 만든 또 하나의 벽으로 둘러싸이고, 방 안에 또 다른 방이 만들어진다. 책으로 만들어진 벽은 점점 두꺼워져서 방의 면적을 줄어들게 만들고, 결국 그 방은 사라질지도 모른다. 책이 책장에서 나오면서 그 안에 머금고 있던 먼지를 함께 데리고 나와 햇빛 속에 먼지들이 떠다녔다. 책과 빛과 먼지는 원래부터 함께 존재하는 물질들 같았다. 저 빛과 먼지의 입자들처럼 책 속에 있는 활자와 문장들은 예측할 수 없는 방향으로 흩어질 것이다.

그와 내가 책을 사랑하는 방식은 좀 달랐다. 그는 책의 물질성을 매우 존중해서 내가 책을 접거나 줄을 긋는 것을 참을 수 없어 했다. 정말 그렇게 하고 싶은 책이 있다면 각자의 책이 필요했다. 그는 책을 지나치게 깨끗하게 읽었지만 아주 가끔 작고 희미한 흔적을 발견할 때도 있다. 이를테면 책을 둘러싼 띠지의 모둥이가 소금 해진 것 같은 흔적들. 그러면 나는 그것이 그의 어떤 의도적인 행위인 것처럼 상상하게 된다. 특정한 책을 지나치게 사랑하게 되면 책은 전혀 다른 사물이 된다. 그것은 신체에 스며든 감수성이며 섬세한 피부이고 특별한 하나의 표정이다. 한 공간에서 두 사람이 각기 다른 책을 읽고 있다는 것은 기묘한 느낌을 준다. 두 사람은 지금 한 공간에서 각기 다른 곳을 여행 중이다. 가끔 책의 활자들은 이국의 식당에서의 읽을 수 없는 메뉴판처럼 나를 받아들이지 않는다. 책을 읽는 것은 그래서 일종의 기억상실이다. 하나의 문장은 다음 문장에 의해 금방 잊히고 하나의 페이지는 다음 페이지에 의해 잊힌다.

책장 위를 떠돌던 네모난 형태의 빛이 움직여서 그의 상반신 위에 드리워진다. 그는 마치 빛의 프레임에 둘러싸인 것 같다. 그의 목덜미와 가장 가까운 머리카락에 숨어 있던 색깔이 드러나기 시작한다. 테이블을 한쪽 벽에 붙였기 때문에 그와 나는 기역자로 앉는 경우가 많았다. 이 각도에서 차를 마시고 대화를 나누고 책을 읽는 데 익숙해진다. 이 각도는 신체를 완전히 이완시키지도 긴장시키지도 않는 모호함을 허락해준다. 대개 나의 시선의 각도에서 그의 왼쪽 얼굴이 잘 드러난다. 책을 읽다가 그의 왼쪽 얼굴의 엷은 홍조나 희미한 미소나 순간적인 속눈썹의 깜빡임을 훔쳐보는 순간이 있다. 책을 향해 기울어진 그의 목은 오후가 되면 조금씩 길어진다. 그가 더 이상 그 의자에 앉지 않게 되었을 때, 남겨진 그의 의자를 만져보면 그것은 마치 둔감한 애완동물처럼 나의 친밀함을 배반한다.

의자의 용도는 그곳에 앉는 사람의 자세와 위치에 의해 완성
된다. 의자는 권력의 상징과는 아무 상관이 없었고 편안함과
도 조금 멀었다. 나무로 된 좌판에 검은 프레임과 무광의 금
속 등받이로 구성되어 있는 의자는 편안한 종류의 것은 아니
었다. 방에 소파가 있다면 사람의 몸이 얼마나 게을러지는지
알기 때문에, 이 딱딱한 의자는 일상의 규율 같은 것이다. 의
자에 반듯하게 앉아 있는 경우도 있지만, 몸의 기울기는 앉아
있는 사람과의 관계를 말해준다. 의자는 그 사람과의 눈높이
를 자연스럽게 맞춰주고 때로 시선을 약간 비껴가게도 해준
다. 그 방을 떠나기 위해 그의 의자를 들어 올렸을 때, 의자는
한 손으로 들 수 있을 만큼 가벼워서 희미한 죄의식이 밀려
온다. 그 의자에는 그에게만 들킨 고통스러운 열정이 남아 있
다. 아주 먼 곳에 이 의자와 똑같은 한 쌍의 의자가 나를 기다
리고 있다는 터무니없는 생각에 빠진다.

식물들이 있는 방

버지니아 울프의 「큐 식물원」에는 식물원을 찾아온 여러 명의 사람들이 등장한다. 7월의 식물원을 찾아온 남자들과 여자들은 잔디밭을 지그재그로 가로질러 꽃밭에서 날아다니는 나비처럼 제멋대로 움직이며 과거를 떠올린다. 아이들과 함께 온 부부는 각기 다른 젊은 날의 연인을 떠올린다. 남자는 호숫가에서 연인에게 결혼을 애원할 때 주위를 날아다니던 잠자리와 은빛 버클이 달린 구두를 생각한다. 여자는 호숫가에서 이젤을 놓고 앉아서 수련을 그리고 있던 순간, 콧등에 사마귀가 난 은발의 늙은 여자가 해준 키스를 모든 키스의 근원으로 기억한다. 그들의 근처에서 달팽이가 심사숙고하듯이 더듬이를 떨면서 잠시 머뭇거리다가 반대 방향으로 멀어져간다. 식물원은 다른 층위의 시간을 불러오는 곳, 과거의 유령들이 커다란 나뭇잎 아래 누워 있는 곳이다.

식물원은 바깥 세계와 다른 공기를 가진 곳이다. 따뜻하고 습기가 가득하며 두터운 공기의 구조와 밀도를 가진 공간이다. 유리 온실은 모든 햇빛을 차단 없이 받아들이고 열대의 눅눅

한 공기를 만들어낸다. 거대한 열대 식물들에 햇빛이 쏟아지
면 커다란 잎 표면의 섬유 조직들이 선명하게 드러나고, 그
끝에 물방울들이 잠시 망설이다가 흘러내린다. 나비들은 낮
은 공기 위를 날아다니지만 새들은 높은 유리 천장 위에서 길
을 잃은 것처럼 재잘거린다. 원색의 꽃들은 과장된 빛깔 때문
에 부자연스럽고 인위적으로 보이며, 어떤 식물들은 과도한
생명력을 뿜어내고 있어 동물적이라는 느낌을 준다. 이곳은
가끔 점액질의 녹청색 공기로 가득 찬 동물원처럼 느껴진다.

그와 함께 습기와 햇살 가득한 겨울 식물원에 왜 가고 싶어
했는지 잘 알지 못한다. 새로 문을 연 식물원은 꽤 많은 사람
들이 몰려다녀서 놀이공원 같은 느낌을 준다. 어디를 가도 사
람의 소리가 들리지 않는 곳이 없다. 사람들에게 떠밀리다 거
대한 열대 식물 아래서 그가 잠깐 어색하게 멈추어 서 있거나
키가 큰 선인장이 있는 모퉁이를 지나면서 어깨가 조용히 회
전하는 모습을 뒤에서 지켜본다. 사람들에 의해 쫓겨난 것처
럼 서둘러 식물원을 나왔을 때, 한강공원 안에 있는 또 다른
조그만 식물원이 떠오른다. 돌아가는 길에 들를 수 있는 위
치였다. 그 공원은 강 한가운데 작은 섬에 조성된 곳이고, 낡
은 저수 시설들을 공원으로 만들어 독특한 분위기를 자아냈
다. 그 공원의 한쪽 끝에 방금 보고 온 식물원에 비하면 작고
소박한 식물원이 있다. 두 구역으로 구성된 이 작은 식물원이

열려 있는 것은 누군가의 선물이다. 거대한 식물원에서 스쳐 지나던 친근한 식물들 곁에서 오래 머무른다. 늘어진 종려나무 잎이 유머러스하게 늘어져 있다. 그가 코트를 벗었고 겨울 니트의 섬유들이 식물원의 습기와 만나는 지점에서 무언가가 화학적으로 일어나고 있다. 그의 갈색 눈동자가 유리 천장을 통해 들어온 햇빛을 부드러운 깜빡임으로 맞이한다. 그 빛의 입자들이 그 얼굴 주변을 맴돌고 있다. 식물원의 입구 쪽에서 브라운색의 고양이 한 마리가 안쪽을 엿본다.

그와 함께 식물들을 들여놓기 시작한 이유는 명확하지는 않다. 저마다의 작은 공간을 차지한 식물들은 공기의 흐름을 미묘하게 바꾸어놓는다. 식물과 함께 살면 공간은 다르게 펼쳐진다. 식물들의 잎은 햇빛을 받아 반짝이고 바람에 조금씩 흔들리면서 바닥에 손바닥을 흔드는 것 같은 그림자의 형상을 만든다. 긴 잎 아카시아, 몬스테라, 벵갈 고무나무, 오렌지 재스민, 이레카 야자, 올리브 나무, 유칼립투스와 같은 식물들의 이름에 점점 익숙해져간다. 그는 예민하고 습기를 좋아하는 이름을 외우기 힘든 작은 열대 식물들을 좋아했다. 필로덴드론 플로리다뷰티 바리에가타, 안스리움 크리스탈호프 같은 이름들은 마치 외계에서 온 식물들 같다. 나는 가지의 수형이 이쁘고 잎이 작은 관엽 식물을 좋아한다. 식물의 평화로운 수직성은 직립성의 인간과 닮아 있다. 동물의 움직임이 수

평적인 차원에서 이루어진다면 인간은 직립의 차원에서 움직인다. 인간은 직립의 상태에서는 식물처럼 고요하게 쉬지 못한다. 거대한 손바닥 같은 잎이 옆으로 뻗어 나가는 몬스테라가 너무 잘 자라서 가끔 그 생명력이 두렵다는 생각을 하게 된다. 식물들의 삶이 느리게 흐른다는 것은 착각이다. 가장 큰 몬스테라 잎의 가지 아래를 잘라 둥글고 긴 화병에 넣고 물을 채운다. 그가 그 화병에서 몬스테라가 뿌리를 내린 것을 보고 너무 기뻐했기 때문에, 그 방을 떠나올 때 그 화병을 조심스럽게 옮겨주었다. 하지만 식물의 미래는 누구도 알지 못한다.

식물들의 죽음을 처리하는 일도 익숙해진다. 식물이 시들시들해지면 물과 통풍과 습도를 조절하고 자리를 옮겨보고 영양제를 넣어본다. 그래도 말라버린 식물들은 언제쯤 죽음을 선고해야 하는지 분명하지 않다. 살아나지 못할 것을 알면서 몇 달 동안 물을 주기도 한다. 식물들의 죽음은 정확하지 않으며, 죽음의 시간에는 테두리가 없다. 사랑이 완전히 끝나는 시간을 알 수 없는 것처럼, 식물의 장례와 애도에도 긴 시간이 걸린다. 결국 뿌리째 뽑아버리고 빈 화분을 정리하는 것이 식물에 대한 마지막 장례의 과정이다. 어떤 경우는 그 행위를 충동적으로 할 때도 있다. 그리고 식물이 있던 자리에 움푹 팬 흙을 만져보는 것은, 그가 조금 전에 있던 자리의 눌린 흔적을 만져보는 의례와 같다.

계단 아래의 침묵

계단보다 더 극적이고 불길하며 불안정한 사물이 있을까?
계단은 하늘로 올라가는 사다리 같은 종교적인 상승의 의미
에만 속하지 않는다. 성경의 야곱이 꿈에서 본 '야곱의 사다
리'는 계단의 본질이 아니다. 삶의 시간 안에서 계단은 상승
과 하강의 이미지를 동시에 갖는다. 그 불안정한 순간들이 계
단 위의 시간을 불온한 것으로 만든다. 어린 시절의 집에 목
조 계단이 있었다는 것은 여러 가지 상상력을 만들어낸다. 이
를테면 2층에 가부장의 방이 있을 때 계단은 권위와 불안감
을 자아낸다. 계단이 권력의 위치를 의미한다는 것은 가족 내
부에서도 그러하다. 가부장이 집을 비우게 되면 계단은 금기
의 영역을 탐사하는 모험의 통로가 된다. 계단을 올라가서 주
인 없는 방에 있는 사물들의 비밀을 훔쳐보는 아슬아슬한 쾌
감을 느낄 수 있다. 이 모험을 즐기기 위해 가부장의 외출을
기다렸다. 그 방의 붉은 자개문갑의 작은 서랍 안에 있는 물
건들은 은밀한 상상력을 자극했다. 그 안에 숨어 있는 어른들
의 비밀은 자기들끼리 나누는 알아들을 수 없는 일본어 문장
과 같았다. 닫힌 서랍은 사물들의 감옥이면서 사물들의 판도
라의 상자이다. 서랍들은 살아 있는 사물들의 침울한 비밀들

을 가두고 있다. 저 상자 안에는 더 깊고 은밀한 또 다른 상자가 숨어 있을 것이다.

또 다른 계단의 시간 안에서 나는 2층에 거주했다. 경제개발 시기에 지어진 양옥집이 으레 그런 것처럼 붉은 벽돌집에 베란다가 있었고 아래로 좁은 마당이 내려다보였다. 2층 공간은 아래층에 이방인이 살고 있어 고립된 망루 같아 보였다. 짧고 불안정한 철제 계단을 타고 옥상에 올라가볼 기회가 있었다. 하늘색 페인트가 거칠게 칠해진 철제 계단은 위태로워 보였다. 비슷한 지붕들과 물탱크들이 보였고 비밀스럽고 낡은 창문들에서 사람들의 기침 소리가 들려왔다. 그 집 안에 있는 목조 계단은 고풍스러운 느낌을 자아냈지만 미묘한 불길함으로 조금씩 삐걱거렸다. 그 목조 계단은 중간에 한 번 꺾이는 공간이 있었고 그곳에는 1층도 2층도 아닌 방이 있었다. 그 방은 계단 가운데 위치했다. 계단이 중간에 꺾인다는 것은 계단의 시간을 중층적으로 만든다. 그 방은 삼킬 수도 없는 불길함을 간직하고 닫혀 있었다. 그 목조 계단으로 사람이나 반려견이 오르내릴 수도 있지만, 어느 날 갑자기 두려운 검은 공기가 계단을 타고 올라올 수도 있는 것이다.

갈 곳이 마땅치 않은 연인들은 공원의 계단에 머물 것이다. 그때 계단은 다만 오르내리기 위한 장소가 아니라 쉼터이고

46

무대이며 작은 방이다. 겨울날 그와 함께 얼어붙은 호수가 있는 공원 앞의 폭이 넓은 계단에 앉아 있었다. 추운 날이었고 짙은 갈색의 넓은 계단에 사람들이 없었기 때문에 우리가 가질 수 있는 최소한의 방이 되어주었다. 해야만 할 것 같은 말은 대개 그 의도와는 다른 방식으로 전달된다. 마음 깊은 곳의 소리를 정확하게 전달하는 언어는 없기 때문에, 실패한 말들은 계단 위를 떠돌다 몇 개의 단어들만 얼룩처럼 남는다. 그 말들의 실패가, 계단이라는 장소의 실패는 아니다.

겨울 바닷가의 펜션은 기이한 복층 구조를 갖고 있었다. 높은 층고를 가진 그 방에는, 2층으로 올라가는 계단 뒷면에 침대가 놓여 있다. 계단 아래가 숨을 수 있는 은밀한 공간이 될 수 있다는 것은 매력적인 일이다. 그럴 때 그 공간은 더 이상 올라갈 수도 내려갈 수도 없는 연인들의 장소이다. 계단만으로 이루어진 세계에서 사각지대를 찾아 숨어든 자리가 된다. 계단 뒷면의 시간은 상승과 하강의 궤도를 벗어난다. 이곳에서 시간은 물속에 박힌 막대기가 휘어지는 것처럼 다른 궤도로 흐른다. 아침이 오면 그 휘어짐이 한없이 부끄러워진다.

지하실과 다락방

35년 동안 폐지를 압축시키는 일을 하고 있는 늙은 노동자의 일터는 깊은 지하실, 희미한 전구가 있는 곳이다. 보후밀 흐라발의 『너무 시끄러운 고독』에서 이 공간은 사람들이 오가는 마당 아래의 공간이며 천장에 난 뚜껑문으로 포대와 종이 상자에 든 폐지가 쏟아진다. 시든 꽃이나 포장지 다발, 유효 기간이 지난 연극 티켓이나 팸플릿, 낙서로 뒤덮인 종잇장, 핏물 밴 정육점 종이같이 쓸모를 잃은 쓰레기가 무더기로 내려온다. 남자는 그곳에서 동서고금의 명작들을 발견하기도 한다. 그곳은 괴테, 실러, 횔덜린, 니체의 무덤이기도 하다. 시끄러운 압축기 앞에서 35년을 보낸 이 남자의 고독은 절대적이지만, 그의 노동과 독서는 숭고한 느낌을 자아낸다. 바깥 세상은 전쟁과 폭력이 만연하지만, 그는 지하실 안의 고독한 독서가이자 몽상가로서 살아간다. 그 지하실에서 그는 삶의 치욕을 뒤집어썼던 여자 친구와 이름조차 기억나지 않는 집시 여인을 생각한다.

다락방과 지하실은 모두 집의 수직적 깊이와 연관되어 있다. 다락방을 올라가는 계단과 지하실을 내려가는 계단은 다른 차원에 있다. 다락방과 지하실 모두 일상적인 세계와는 거리가 있는 어둡고 예외적인 영역이지만, 상승과 하강의 이미지는 다른 공간의 감각을 만든다. 어린 시절을 보낸 옛 집에는 지하실이 있었고 지하실로 내려가는 좁고 짧은 계단이 있었다. 지하실에는 낡고 버려진 사물들과 오래된 책들이 불길한 곰팡이 냄새와 눅눅한 습기를 머금고 철제 선반 위에 놓여 있다. 사물들은 쓸모없어져서 임종의 시간을 앞두고 있거나 이미 죽은 것들이어서, 지하실은 사물들의 죽음을 달래고 있다. 사물들의 무덤은 쿰쿰한 공기를 쉴 새 없이 뿜어낸다. 나는 한때 빛나던 사물들의 사후 세계로 내려가는 뒷모습의 미래를 생각한다.

또 다른 다락방은 옥탑방에 살던 시기에 있었다. 층고가 낮은 옥탑방 위에는 꽤 넓은 다락방이 있었다. 삐걱거리는 계단을 따라 그곳에 올라가면 버려진 의자와 벽에 걸었던 적이 없는 것 같은 액자와 쓰지 않는 전자 제품이나 이민용 가방 같은 것들이 있었다. 그와 옥탑방에 올라가는 것은 비밀스러운 탑의 꼭대기를 탐사하는 모험이다. 천장이 세모꼴인 다락방은 중앙에는 사람이 설 수 있고 벽 쪽은 몸을 구부려야 하는 높이이다. 바닥은 얇은 나무판으로 되어 있어서 걸을 때마다 무너져 내릴 것같이 삐걱거리며 허술한 느낌이 든다. 얇은 바닥 때문에 다락방을 걷는 것은 주의를 요했고 걸음은 더 은밀하게 느껴진다. 바닥이 허술한 방은 공중에 떠 있다는 불안정한 감각을 준다. 그가 발꿈치를 들고 걷는 시늉을 했기 때문에 우리는 금지된 공간에 숨어든 침입자가 된다. 그와 나는 이 순간의 공모자이다.

그 방 한쪽의 다락방을 터서 층고를 높이는 공사를 하게 되어 다락방은 반쪽만 남게 되었다. 내부에서 올라가는 계단 역시 없었기 때문에 그 다락방의 출입문은 공중에 떠 있게 되었다. 외부에서 진입하는 철제 사다리는 있었지만 내부에서 그 다락방으로 올라가는 계단은 사라져버렸다. 층고가 높아진 벽의 한쪽에 공중에 떠 있는 다락방의 출입문이 남아 있어 기괴한 느낌을 자아냈다. 반쪽만 남은 그 다락방을 그와 함께 다시 가보지는 못했다. 그곳은 마치 살아 있는 사람을 위해서는 존재하지 않는 방 같았다. 그가 아주 먼 곳으로 가기 위해 비행기에 오르던 날, 그 공중에 떠 있는 다락방으로 가는 외부의 차가운 철제 사다리를 처음으로 만져본다.

침대와 뗏목

다니엘 페나크의 『몸의 일기』는 한 남자가 10대에서 80대에 이르기까지 '존재 장치로서의 몸'에 관해 몰래 써온 일기의 형식을 하고 있다. 26세 5개월 2일의 일기에는 파티에서 만난 '모나'에게 첫눈에 넋이 나가 격렬한 정염에 휩싸이는 장면이 나온다. 그로부터 석 달간 연인들은 침대를 떠나지 않고 있다고 일기는 기록한다. 일기는 그들의 맹목적인 사랑이 모든 것을 침대로 만들고 있다고 쓴다. 계단에서, 두 문 사이에서, 영화관에서, 골동품 가게의 지하에서, 극장의 옷 보관소에서, 광장의 관목 숲 아래에서, 에펠탑 꼭대기에서, "사실은 파리시 전체가 우리 침대이다!"라고 선언한다. 정염에 눈먼 연인들의 침대는 모든 곳에 산재한다.

침대는 단 한 번의 사랑과 죽음이 교차하는 자리이기도 하다. 사데크 헤다야트의 『눈먼 부엉이』에서 필통에 그림을 그리는 무명의 화가는 소녀가 좁다란 시냇가의 사이프러스 나무 아래 앉은 노인에게 메꽃을 건네는 모티프를 반복해서 그린다. 그런데 실제로 이 소녀의 모습을 벽의 구멍으로 목격하게 되며, 소녀의 마법 같은 눈동자는 전 존재를 빨아들인다. 그 소녀를 찾아 헤매던 남자 앞에 갑자기 실제 소녀가 출현한다. 소녀는 몽유병자처럼 집으로 들어와서 곧 침대에서 자는 듯 죽어버린다. 그녀의 죽음을 확인한 후 남자는 처음 그녀 곁에 눕는다. 화가는 소녀의 얼굴을 그리고 그녀의 시신을 가방에 넣고 먼 황무지로 가져다 묻는다. 삶의 깊숙한 무의미 속으로 추락해버린 남자는, 아편과 포도주에 기대어 방을 나가지도 않고 삶을 고독과 환각 속에 가둔다. 소녀가 침대를 방문한 최초의 순간은 그녀의 죽음의 순간이며, 그 이후의 시간은 혼수에 빠져든 영혼이 겪는 그림자의 세계이다.

침대는 한 개인의 신체에 속한다. 침대는 한 사람의 생애에서 가장 밀접하고 내밀한 사물이자 공간이다. 직립하는 인간은 침대에서 수평의 평온에 이른다. 인간이 침대에서 태어나고 침대에서 죽는다는 것은 직립의 시간이 시작되고 끝난다는 것을 의미한다. 수평의 삶은 수직의 삶과 다르고 그 시간조차 다르다. 직립의 시간에서는 중력에 맞서기 위해 긴장하고 움직여야 하지만, 수평으로 몸을 눕히면 중력에 더 이상 저항할 필요가 없다. 밤의 국립공원의 산책로에서 충동적으로 길 위에 누워본 적이 있다. 걸어야만 하는 공공의 장소에 누워 있을 때, 하늘의 별이 얼굴 위로 쏟아지고 차고 딱딱한 바닥의 감각은 전혀 다른 세계로 몸을 인도한다. 완벽하게 중력에 순응한 것이다.

침대는 한 사람의 신체가 점유할 수 있는 최소한의 체류지이다. 1인용 침대조차 가질 수 없는 삶이 있다. 싱글 침대를 놓기에도 비좁은 공간에서는 매트리스가 침대를 대신할 때도 있다. 그때 방은 침대의 크기와 거의 같아진다. 내가 가졌던 침대들은 대개 침대 헤드가 없거나 장식이 거의 없었다. 침대 머리 부분을 벽에 붙여 놓았고 침대는 벽과 이어진 것처럼 느껴졌다. 벽에 붙은 침대는 벽으로부터 전해지는 소음과 진동을 고스란히 몸으로 전해준다. 위층에 살고 있는 누군가의 고독감이 벽을 타고 내 등뼈를 진동시킨다.

고급 호텔 침구의 절대적인 청결함을 동경하기도 하지만, 다음 날 호텔을 나올 때 자신이 어지럽힌 침구와 물이 흥건한 욕실을 뒤돌아보는 곤혹감은 해결되지 않는다. 사람은 침대에서 태어나고, 사랑을 나누고, 휴식을 취하고, 숨을 거둔다. 어쩌면 거기서 책을 읽고, 따뜻한 차를 마시고, 과자 봉지를 뜯고, 음악을 듣고, 베개에 머리를 처박고 흐느낄지도 모른다. 침대는 그 자체로 방이 된다. 침대는 한 신체의 무게뿐만 아니라, 한 생의 무게를 떠받치고 지탱한다. 쓸쓸히 늙어가는 노인의 침대는 병상이 된다. 노인이 할 수 있는 건 케이블 TV

에서 나오는 옛날 사극을 큰 볼륨으로 틀어놓고 보다가 깜빡 잠드는 것이다. 거기서 잠깐의 부주의로 굴러떨어지면 노인의 약한 골반 뼈는 결국 회복되지 않는다. 침대는 마지막 순간까지 몸과 함께할 공간이다.

불면의 밤에 침대를 벗어나는 것은 아늑한 집을 벗어나 어두운 물속을 더듬는 것이다. 침대는 캄캄한 바다 위에 떠 있지만 어디로도 갈 수 없는 뗏목이다. 뗏목을 저을 수 있는 노도 없고 바람을 실을 수 있는 돛대도 없으며, 파도는 호수처럼 잔잔하고 검은 물은 깊이를 가늠할 수 없다. 침대는 경계를 알 수 없는 검은 바다에 내던져져 있다. 밤의 침대에서 신체는 무기력하고 고립되어 있으며 무방비 상태가 된다. 침대의 위치를 바꿀 수 있을 때 침대를 둘러싼 세상의 구조는 바뀐다. 하지만 침대의 위치를 바꾸었다고 해서 밤의 여행이 평온해지는 것은 아니며, 오히려 새벽에 일어나 방문의 입구를 찾지 못하고 미로를 헤매게 된다. 침대의 방향을 바꾼다는 것은 방을 바꾼다는 것과 같지만, 밤의 질감은 달라지지 않는다. 간신히 잠에 든다면, 침대는 밤을 미지의 장소로 데려가는 교통수단이 된다.

그가 침대에서 일어날 때의 나른한 목소리와 활처럼 휘어진 몸의 굴곡에 대해 생각한다. 침대는 모래 언덕이고 그 언덕은

긴 사막의 길 위에 있다. 그의 몸에 옅은 모래들이 묻어 있고 내가 그것을 털어내 주어야 할 것이다. 그가 모래 무덤처럼 침대에 누워 있을 때도 있다. 나는 따뜻하고 부드러운 작은 모래 언덕을 처음 본 사람처럼 머뭇거린다. 그가 움직일 때마다 그의 반짝이는 호기심과 태생적인 우아함이, 그리고 속임수가 없는 동작들이 작은 물결을 만드는 것 같다. 그 물결의 특유한 아름다움은 의식적인 동시에 무의식적인 것이다. 그 물결은 내가 바라던 것을 넘어서 내 감각의 한계가 다시 시작되는 곳까지 나를 데려간다. 그는 자신의 사소한 동작들이 만드는 반짝이는 수수께끼를 짐짓 모른 척한다. 나는 조금 당황하면서 그 수수께끼를 풀기 위해 그의 몸이 만드는 물결들에 조용히 굴복한다. 저 물결의 궤적을 기억하는 것은 불가능하다. 그의 손길이 내 등을 열고 들어와 자신이 그곳에 숨겨놓은 것을 찾아낸다. 지금 일어나는 행위들의 기하학은 영원히 재연되지 않을 것이다. 영원에 닿을 수 없는 하룻밤의 공기가 침대에 잠시 머물렀다가 우회한다.

욕조와 우주선

윌리엄 트레버의 「그 시절의 연인들」에서 여행사에서 일하는 중년 남자는 약국에서 일하는 젊은 여성에게 매혹되고 두 사람은 사랑에 빠진다. 1시간 15분의 점심시간 동안 카페에서 점심을 같이 먹는 것 이외에 연인들이 함께 머물수 있는 공간은 허락되지 않았다. 남자는 그레이트 웨스턴로열 호텔을 우연히 염탐하다가 그곳의 호화로운 목욕탕을 아무도 이용하지 않는다는 것을 알게 된다. 섬세한 줄무늬가 있는 대리석과 거대한 놋쇠 수도꼭지와 커다란 욕조가 있는 목욕탕을 그들은 직원들 몰래 밀회의 장소로 이용한다. 호텔 바에 들렀다가 목욕탕에서 밀회를 즐기는 일은 그들의 생에서 가장 경이로운 시간이 되었다. 그들이 머무는 짧은 시간 동안 속삭임과 애무로 가득 찬 목욕탕은 사랑의 기운으로 충만하고 그들의 열정을 신성한 것으로 만들어주었다. 그 터무니없는 열정이 그들의 일탈적인 행위가 용서받을 수 있다고 믿게 해주었다. 그 목욕탕은 그 후 그들이 함께 살기 위해 구한 더럽고 불편한 아파트와는 전혀 다른 차원에 있었다. 결국 사랑이 세속적인 문제들 앞에서 패배할 수밖에 없다는 것을 인정한 뒤에도, 목욕탕에서의 사랑은 기적적인 경이로움으로 남게 된다.

욕조는 연인들이 몸을 담는 순간 이륙하는 우주선이 된다. 우주선은 장소의 구애를 받지 않는다. 어디든 수직으로 이륙하고 착륙할 수 있다. 우주선이 내리는 곳은 어디든 우주선의 착륙지가 된다. 연인들은 욕조가 있는 곳이면 우주로 비행할 수 있다. 욕조의 시간은 하나의 순간에 머물며 다른 깊이를 향해 움직인다. 욕조의 시간에서 처음과 끝은 의미가 없다.

몸이 움직일 때마다 물이 출렁거리거나 또 하나의 피부와 만나 다른 감각이 시작된다. 욕조의 시간은 모든 것이 다시 시작되는 물의 시간이다. 욕조는 연인들이 가질 수 있는 거의 완벽한 공간이다. 이 공간은 세상에서 가장 좁고 따뜻한 바다로 연인들을 안내한다. 두 사람의 몸이 그 안에 들어감으로써 따뜻한 바다로의 유영이 시작된다. 두 몸의 부피 때문에 물이 갑자기 흘러넘칠 때, 이미 욕조의 항해는 시작되었다고 할 수 있다. 하나의 몸속에 함께 들어앉은 쌍둥이 태아처럼 두 사람은 물 위를 유영한다.

모든 연인들이 진정으로 원하는 공간은 해초와 수중식물들만이 일렁거리는 심해일지도 모른다. 심해는 어떤 지상의 공간도 점유하지 않으면서 완벽하게 은밀한 세계를 만든다.

그는 욕조 안에서 시간을 보내는 것을 좋아한다. 욕조는 그의 방이고 침대이며 운동장이고 무대이다. 그의 욕조의 물은 그의 몸의 곡선을 따라 움직이고, 그는 수영장을 헤엄치는 사람처럼 다리를 조금씩 흔든다. 어느 방향으로 나아가는 항해인지도 모르는 손가락이 물속에서 가볍게 움직인다. 욕조 물이 가볍게 출렁거릴 때마다 흉골상절흔 가까이에서 수면이 위아래로 조금씩 움직인다. 그는 욕조에서 노래를 부르거나 그가 지나온 다른 욕조들에 대해 말하곤 한다. 그의 홍얼거림은 끝나지 않아야 한다. 잠시 욕조 안에서 균형을 잃고 기우뚱거릴 때, 잔잔한 호숫가의 가장자리에 정박한 작은 배가 출렁거린다.

하늘이 보이는 연인들의 욕조가 있다. 한옥 숙소의 마당에 있는 돌로 된 욕조나 작은 계곡의 노천 온천 같은 것들 말이다. 그런 욕조 위로 어느 순간 비가 오거나 작은 기적처럼 눈이 쏟아지는 순간이 있다. 예기치 않은 순간에 연인들의 따뜻한 물 위로 눈이 내리기 시작한다면, 눈송이들은 각각 이름을 가진 것처럼 따뜻한 물 위에 떠 있는 것이다. 고요하게 내리며 대지에 안착하는 눈은 이 시간의 충만함을 느끼게 해주지만, 세찬 바람에 휩쓸려 사선으로 흘러가며 떠도는 눈들은 피할 수 없이 위태롭고 불안정한 시간의 감각을 선사한다. 돌로 된 욕조 안에서 그 눈을 만나는 순간이 온다면, 연인들은 순식간에 계시적인 시간에 진입한다. 두 사람 사이에 잠깐의 우주적인 침묵이 찾아온다. 욕조는 눈이 시작되는 곳을 향해 수직으로 날아오를 준비가 되어 있다.

거울 뒤의 세계

밀란 쿤데라의 『참을 수 없는 존재의 가벼움』에서 의사 토마스는 에로틱한 우정의 불문율을 나누는 여자들과 함께 독신자의 삶과 존재의 달콤한 가벼움을 만끽하려 하지만, 현실은 그 가벼움을 허락하지 않는다. 토마스에게는 사비나라는 연인, 자유로운 영혼을 가진 예술가가 있다. 사비나는 전신 거울을 눕혀 놓고 중절모를 쓰고 거울 위에서 은밀한 퍼포먼스를 한다. 그것은 두 사람만을 위한 은밀한 퍼포먼스이며 해프닝이다. 거울 속에서 사비나의 중절모는 하나의 농담처럼, 희극적인 것들을 자극적인 이미지로 바꾸는 마술을 보여준다. 옷을 입고 있는 토마스 옆에 서 있는 거울 속의 사비나는, 속옷 차림에 중절모를 쓰고 여성에게 가해지는 시선의 모욕을 도발적으로 노출하고 되돌려준다. 거울과 중절모는 에로틱한 게임의 소품에 머무는 것이 아니라, 먼 과거 속에 실종된 사비나의 시간을 회복하는 도구이기도 하다.

연인들의 방에 전신 거울이 있다는 것은 흥미로운 사건이다. 거울 안에는 또 다른 연인들이 그들을 응시하고 있다. 연인들은 자신들의 눈으로 스스로를 볼 수 없다. 거울이나 영상을 빌리지 않는다면 연인들은 자신들을 보지 못한다. 연인들이 거울 속의 자신들을 본다는 것은 타자의 응시를 상상한다는 것이며, 동시에 누군가의 밀회를 훔쳐본다는 것이다. 거울 앞의 세계에서 연인들은 보는 자이면서 보여지는 자이다. 누군가에게 밀회를 들킨 연인이면서 누군가를 훔쳐보는 연인들이다. 거울 앞에서 연인들은 실재하는 몸과 대상화된 몸을 동시에 감각한다. 저 거울 속의 연인들은 과연 '우리들 자신'이 맞는 것인가? 이 착란의 상태가 거울 앞을 또 다른 예외적인 장소로 만든다.

거울 앞에 있는 그를 보는 것은 매력적인 이미지다. 그는 거울을 보고, 나는 거울을 보는 그를 본다. 그가 거울 앞에 서 있는 자신을 보는 나를 보고 있는지는 알 수 없다. 그가 거울 앞에서 무슨 말을 했지만 알 수 없는 방언처럼 제대로 들리지 않는다. 그 말을 알아듣지 못하는 것에 대해 약간의 불안감이 밀려온다. 거울의 각도는 그것을 보는 사람만이 알 수 있다는 측면에서 정확히 주관적이다. 그가 무언가를 찾는 사람처럼 전신 거울의 뒤편으로 돌아 들어간다. 마치 거울의 뒷면으로 사라지는 사람 같다. 거울의 한쪽으로 그의 다리가 나타났기 때문에 거울은 움직이는 다리를 가진 기괴한 물체처럼 보인다. 나는 놀라운 장면을 목격한 우연한 관객이 된다. 아마도 그는 거울 속에서 다시 걸어 나올지도 모른다. 그가 거울 앞면으로 사라지고 거울에 내 몸이 전면적으로 드러났기 때문에 기습적인 부끄러움이 밀려온다.

여행지에서 그와 함께 찍은 사진은 많지 않았다. 그는 피사체가 되는 것을 부끄러워했고 누군가에게 사진을 부탁하는 것도 쑥스러워했다. 그 이국의 거리에서 무심히 지나치던 가게는 내부가 공사 중이었다. 가게 안에는 부서진 콘크리트 잔해들이 널려 있다. 그 잔해들은 미술관의 오브제처럼 보이기도 한다. 가게의 유리창에 그와 나의 모습이 비치고, 그곳에 약간 상기되고 어색한 표정이 닮아 있는 연인이 있다. 여기는 거울 안의 작은 폐허가 들여다보이는 두 겹의 세계이다. 거울 앞에 선 것처럼 가게의 유리창에 비친 두 사람을 찍는다. 지나가는 사람들은 그런 곳에서 굳이 왜 사진을 찍는지 이해하지 못할 것이다. 그 장소가 연인들에게 어울린다는 엉뚱한 생각은 굳이 말할 필요가 없다. 닫힌 가게 안의 콘크리트 잔해처럼 두 사람의 이미지는 미래의 폐허 앞에 있다.

우기의 유리창

크리스토프 바타유의 『다다를 수 없는 나라』에서 18세기 베트남을 향하여 떠난 프랑스 선교사들은 미지의 땅을 찾아 복음을 전파한다. 대혁명이 일어난 조국은 선교사들을 잊었고, 그들도 미지의 땅에서 느끼는 특유의 습기와 아름다움 때문에 완전히 다른 사람이 되어간다. 낯선 땅에서 많은 선교사들이 죽어가고 마지막 남은 수사와 수녀는 더 깊은 북쪽 땅, 메콩강을 건너고 밀림을 지나 화산의 분화구를 거쳐 콩라이 마을이라는 곳에 이른다. 그곳에서 두 사람은 포교의 목적도 잊은 채 찬란한 고독과 서로에 대한 강렬한 사랑을 찾아낸다. 두 선교사가 사랑을 나누는 계기는 베트남의 자연과 공간이다. 우기의 오두막집에서 끝없이 내리는 비로 지붕들이 허물어지기 시작하고, 천장에서 떨어지는 시커멓고 축축한 먼지로 얼굴은 꺼멓게 된다. 피부가 추위와 자극으로 축축하고 벌겋게 되어 서로를 안아주어야만 했을 때, 그들은 전혀 새로운 감각의 지도를 발견한다. 우기가 그들을 또 다른 숭고한 세계로 인도한 것이다.

창문은 다만 환기나 채광을 위한 것이 아니다. 창문은 내부

공간에서 외부를 바라볼 수 있게 하며, 바깥에서 벌어지고 있는 일들을 내부로 끌어들인다. 자기만의 공간에서 외부를 관찰할 수 있다는 것은 안도감을 준다. 창문은 외부를 내다보는 거대한 눈이며, 풍경을 받아들이는 동시에 밀어낸다. 습기는 공간을 전혀 다른 시간으로 변화시킨다. 창밖에 빗소리가 들리고 창문에 물방울이 미끄러지는 것을 보게 될 때, 공간은 다른 촉감을 갖게 된다. 비바람이 심해지면 방은 우선 저항하고 견딘다. 오후인데도 방 안은 어두워지고 습기는 따뜻한 온기를 찾게 한다. 벽과 창문에 둘러싸여 있다는 안도감 때문에 방 안의 친밀도는 상승한다.

따뜻한 차를 마시면서 그의 손목에서 만난 따뜻한 부드러움을 유지할 방법을 찾아낸다. 물방울이 유리창에 스며들지 못하는 것처럼, 손목은 다른 표면에 스며들지 못하고 미끄러져 내린다. 우기는 연인들의 피부를 변화시키고, 흉곽의 온도를 따뜻하게 만든다. 우기의 은밀한 요청에 응답하는 신체의 적절한 자세를 잠시 생각한다. 빗물의 관능은 사랑이라는 사건 자체의 액체적인 성격에 연유한다. 액체로 가득 찬 몸은 축축해지고 흘러넘치고 미끈거리고 끈적거리고 스미고, 조용히 말라간다.

유리는 신비한 물질이다. 유리의 특성은 물질의 일부만을 통과시키는 성질에서 온다. 빛은 들여보내고 바람과 공기는 차단하는 이 반투과성의 물질은 근대 문물의 상징이기도 하다. 유리는 냄새도 없고 빛깔도 없고 썩지도 않는다. 이 통과와 단절의 이중성은 시선은 허용하고 공기의 이동은 막아낸다. 유리는 멀고 가까운 것, 소원한 것과 친밀한 것 사이에서 단단한 모호함을 유지한다. 유리로 된 방 안의 아늑함은 이 반투명의 이중성에 둘러싸여 있다. 한 사람이 유리벽 저편에 있다면 그 사람을 볼 수 있지만, 다가가도 만질 수는 없다. 유리창에 빗방울이 미끄러져 흘러내리는 것을 본다는 것은, 만질 수 없는 외부를 느끼는 것이다. 여름비가 무심하고 무기력하게 이어진다. 만질 수 있는 것과 만질 수 없는 것 사이에 물방울과 연인들의 사건이 있다.

우산 아래의 벤치

사뮈엘 베케트의 「첫사랑」에서 '나'는 아버지의 죽음과 더불어 집에서 쫓겨 나와 거리 생활을 한다. 공원 벤치는 거처를 마련하지 못한 사람들이 가장 손쉽게 쉴 수 있는 공간이다. 운하의 기슭에 있는 벤치는 흙더미와 단단하게 굳은 쓰레기 더미를 등지고 있어서 '내' 뒷모습을 가려주기 때문에 좋은 위치에 있었다. 벤치 양쪽에 나란히 심어놓은 죽어버린 나무들로 인해 '나'의 옆모습도 부분적으로만 보인다. '나'만의 유일한 거처에 그녀가 찾아와 앉을 자리를 내어달라고 했기 때문에 '나'는 놀란다. '나'와 그녀는 그 저녁의 벤치를 두고 같은 시간에 계속 만나게 되고 그녀의 이미지는 이 저녁 벤치의 이미지와 연결되어버린다. 저녁마다 찾아갔던 그 벤치를 말하는 것은 그녀를 말하는 것과 같은 것이 된다. 벤치란 쉽게 만나는 혼자만의 공간일 수 있지만, 누군가의 틈입에 대해 열린 곳이며, 그래서 사랑이라고 부를 수도 있는 예기치 않은 사건이 잠재된 곳이다.

벤치는 길 위의 연인들을 나란히 쉴 수 있게 만든다. 벤치에서 연인들은 길 위의 피로와 현기증을 피할 수 있다. 벤치는 그들에게 허락된 일시적인 안식처이다. 강변도로 아래의 한 강공원에는 고가도로를 지탱하는 거대한 기둥들이 서 있다. 그 기둥들 위로 자동차가 달린다는 것을 잠시 잊는다면, 그 기둥들은 알지 못하는 아득한 세계를 떠받치는 것처럼 보인다. 혼자 운동에 열중하는 사람들이 그 기둥 아래 벤치에 앉을 확률은 높지 않다. 고가도로를 떠받치고 있는 거대한 기둥 아래의 벤치는 높은 층고의 지붕 아래의 거실 같은 그늘을 드리운다. 그 벤치에 앉으면 강 저편 세계의 휘황한 불빛이 한눈에 들어온다. 높고 반짝이는 빌딩들이 있는 강 저편의 거대한 섬은 닿을 수 없는 세계처럼 보인다. 그와 함께 앉아 있을 때, 벤치는 가볍고 부드러운 침묵의 공간이 된다. 한동안 그 침묵의 시간에 현혹당한다. 연인들의 벤치는 연인들을 '옆'에 앉게 만든다. '앞'의 세계는 시선의 대상이 되는 곳이지만, '옆'의 세계는 몸을 나란하게 위치시킨다. 가까운 곳에서 더 가까운 곳으로 시선은 이동하고, 뒤돌아볼 것들은 사라진다. 다른 손가락에 닿는 최단 거리를 손가락은 알고 있다.

그와 함께 적산 가옥이 많은 항구 도시에 가고 싶었던 것은 시간이 멈춘 풍경을 보고 싶었기 때문이다. 근대 초기 개항했던 이 항구 도시는 많은 일본식 주택들을 남겨놓았다. 적산 가옥들의 낮고 검은 지붕과 시간이 갇혀 있는 듯한 출입문들은 세트장이나 가설무대 같은 이미지를 만든다. 이 거리에 흐르는 기묘한 공기는 동시대의 것도 과거의 것도 아닌 것처럼 느껴진다. 이 거리에는 일본식 사찰의 모습을 하고 있지만 해방 이후에 교회로 사용되었던 건물이 남아 있다. 일본식 기와를 사용한 팔작지붕 장방형 단층 건물에 위치한 과장된 지붕의 각도는 그것이 전형적인 일본식 건축 양식임을 보여준다. 굳게 닫힌 짙은 갈색 문은 이 공간을 더욱 비밀스럽게 만든다. 이 건물이 만드는 기묘한 분위기에 매료되어 그 건물 앞에 놓인 소나무 아래의 벤치에 앉는다.

얼마의 순간이 지났다고 느낄 즈음 빗방울이 떨어지기 시작한다. 비는 풍경의 두드러진 색채와 날카로운 윤곽들을 지우기 시작한다. 쏟아지는 빗속에서 검은 우산을 펼친다. 그의 한쪽 어깨에 빗방울이 맺히는 것이 보인다. 여름의 장맛비는 상상 이상으로 세차게 내린다. 거친 빗방울이 화강암으로 된 마당에 떨어지면서 희미한 연기 같은 것을 만든다. 지붕 위에 떨어지는 빗방울은 희뿌연 연기를 피워 올린다. 세찬 빗방울은 이 공간을 완전히 다른 시공간으로 만든다. 100년 전의 빗방울이 우산 아래로 흘러내렸고, 나는 그의 곁으로 조금 더 가까이 몸을 움직인다. 건물의 처마에서 세차게 떨어지는 빗방울을 무심히 쳐다보는 그의 왼쪽 뺨에 땀처럼 작은 물방울이 붙어 있다. 나는 그 물방울에 손을 대려다 잠깐 머뭇거린다. 그의 반쪽 얼굴은 가려진 시간의 장막 사이에서 얼굴을 내민 배우의 옆모습이다. 그의 옆얼굴은 공들여 완성한 무표정 같다. 거리에는 아무도 지나다니지 않고, 어쩌면 우리는 이 오래된 항구 도시에 유일하게 남겨진 자들이다. 아니라면, 우리들이 이 도시를 우연히 방문한 시간의 유령들이다.

우산은 매력적인 사물이다. 그 안에 숨겨진 관절이 작동하면서 검은 천으로 덮인 챙이 넓은 모자처럼 전혀 다른 공간을 펼쳐 보인다. 우산이 펼쳐지는 순간은 두 사람의 최소 공간이 만들어지는 장면이다. 우산은 순식간에 내밀한 공간을 만들어낸다. 하늘을 가려주지만 공간을 차단하지 않고 또한 이동을 가능하게 하는 우산에는 신비가 있다. 연인들이 우산 아래에 있다는 것은 가장 손쉽게 그들만의 최소 공간을 만들어낸다는 것이다. 하지만 우산을 접어야 하는 순간은 오고, 우산을 식당에 두고 나오는 진부한 실수는 반복된다.

밤의 골목으로 가려면

도시의 건물들은 대개 철과 콘크리트와 목재와 유리와 같이 대량생산된 공업 제품으로 만들어지고, 약간의 개성을 확보하기 위해 돌과 타일, 금속판과 알루미늄 같은 재료들을 덧입힌다. 그렇다고 해서 그 건물의 장소성이 만들어지는 것은 아니다. 도시가 살아 있는 시간이 되는 것은 그 안에서 사람들 사이에 사소한 사건이 벌어지기 때문이다.

방을 나오면 불가피하게 방향을 선택해야 한다. 혼자서 점심을 해결할 곳을 찾기 위해 오른쪽으로 갈 것인가 왼쪽으로 갈 것인가를 거의 매일 망설인다. 오른쪽으로 가면 주상복합 상가의 식당가가 있고, 왼쪽으로 가면 골목길에 국밥집과 국숫집이 있다. 오른쪽으로 가면 주상복합 상가의 거대한 수직성을 만나게 되고, 왼쪽으로 건널목을 건너가면 골목들의 오밀조밀한 수평성을 만난다. 방향을 정하는 것이 삶에 중요한 의미를 가진 것처럼 주저한다. 일단 방향을 정하고 나면 되돌아오는 일은 흔치 않지만, 걸음걸이의 리듬은 언제나 확신과 멀다. 마치 목적지가 정해지지 않은 것처럼 정처 없음을 연기한다.

낮의 골목에서 그와 나는 주저하고 망설이고 머뭇거리고 감동을 받지 못한다. 낮의 숨막히는 가시성은 오히려 집중을 방해하고 사회적인 시선을 두드러져 보이게 한다. 낮의 골목은 그런 의미에서 시선의 전쟁터와 같다. 지나치게 타인과 타인의 시선을 의식하게 된다. 낮의 햇빛은 모든 선명한 것들을 바래게 만들고 퇴색시킨다. 낮 동안 빛의 장막은 커다란 수의를 덮는 것처럼 사물들을 뒤덮었다. 밤의 깊고 푸른 빛은 풍경을 더 선명하고 영롱하게 만드는 힘이 있다. 사물들은 빛의 수의를 벗어던지고 갑자기 새로운 뉘앙스를 얻는다. 이를테면 가로등 아래의 잡초가 조명을 받아 밤의 주인공처럼 푸른 빛을 반짝인다. 낮의 길 위에서 전혀 존재감을 가지지 못했던 길 위의 풀들이 다시 되살아난다. 밤은 도시의 골목을 숲속의 서늘한 그늘의 시간으로 바꾼다. 낮에 진부하게 느껴지던 상념들은 가게가 문을 닫는 시간부터 뾰족해진다. 밤의 어둠은 밝은 햇빛보다 더 촉각적이다. 밤의 공기는 신체를 에워싸고 우리는 그것을 통과하며 조금씩 어둠을 밀어내며 나아간다. 밤의 공간은 넓이가 아니라 깊이로 감각된다. 공간은 더 압축되고 높이는 사라지고 깊이는 되살아난다. 밤의 찬란함을 감당하기 위해서 빛은 희생되어야 한다. 밤 자체가 하나의 사건이다.

그와의 늦은 밤 산책은 낮의 산책과는 다르다. 대개의 밤 산책은 목적지가 분명하지 않은 경우가 많다. 굽어 있는 풍경들은 낮에 선명하던 경계를 이탈하여 사물들과의 관계를 새롭게 연결한다. 인적이 뜸한 골목은 새로운 여행지에 온 것 같은 느낌을 준다. 공기는 습기 찬 바닥 아래로 내려앉는다. 가시성은 줄어들었지만 청각적인 집중력이 오히려 높아진다. 밤의 침묵 때문에 개 짖는 소리와 담장 너머의 기침 소리가 더 가까이 들린다. 구름 사이의 달빛과 먼 별빛은 보다 생생해진다. 영원한 것들을 상상하게 하는 그림자는 밤의 공기 속에만 있다. 밤거리의 새로운 주인공은 가로등이다. 낮의 가로등을 자세히 응시하는 사람은 드물다. 마치 거대한 사람이 목을 꺾어서 아래를 내려다보고 있는 듯한 그 부자연스러운 형상이 어색하다고 생각할 것이다. 더구나 이 골목의 가로등은 전봇대에 붙어 있어서 마치 큰 기둥에 결박된 것 같다. 밤이 되면 오래된 음식점의 담장 아래 가로등 불빛이 숨죽였던 선언처럼 빛났다. 그 가로등의 존재감을 의식하는 것은 가로등 아래의 공간에서 사소한 사건들이 있고 난 다음이다.

연인들은 대개 완전한 현재에 머물지 못하고, 혹은 현재의 완전함 때문에 과거와 미래의 헛된 무게에 짓눌리고 자신을 괴롭힌다. 이미 지난 것과 모르는 시간들이 현재의 영혼을 갉아먹는다. 밤의 골목에서 뒤를 돌아다보는 그의 표정은 여러 번 읽은 책에서 다시 나타난 낯설고 기묘한 문장과 같다. 그가 밤의 골목 저편 휘어진 어둠 쪽으로 갑자기 뛰어간다. 밤의 끝으로 가기 위해 달려야만 하는 것처럼. 뒤쫓아 가다가 모퉁이를 돌아서 두리번거리고 그를 놓쳤다는 생각에 당황한다. 낮에 많은 사람들로 북적이는 대형 음식점의 붉은 담벼락은 대나무로 둘러쳐 있어서 사원의 입구 같은 느낌을 준다. 그 담벼락의 가로등 빛 경계에 그가 쪼그리고 앉아 있다. 같이 쪼그리고 앉거나 일으켜 세우거나 어떤 선택도 하지 못하는 순간이 있다. 그는 혼자만의 영원한 고독에 빠진 것 같다. 가로등이 그의 머리 왼쪽을 비추고 있고 그의 가마 주변 머리카락의 숨겨진 브라운색이 가로등 빛 아래서 반짝이기 시작한다. 때로 머리카락은 하나의 유일한 얼굴이다. 그가 쪼그리고 있는 자리 너머에는 칠흑 같은 밤이 도사리고 있다. 그에게 다가가기 위해서는 이 불투명한 검은 공기에 더 깊이 손을 내밀어야 한다.

III. 테라스의 리듬

밤의 운동장

밤의 운동장은 시간에 따라 다른 몸이 출몰하는 곳이다. 여름날의 초저녁에는 많은 사람들이 북적거리기도 하지만 어둠이 짙어지면 순식간에 적요한 공간으로 변한다. 축구 골대 옆에 잔설이 남아 있는 계절에 밤이 찾아오면 폐허 같은 분위기를 자아낸다. 밤의 운동장은 도시에서 보기 힘든 넓게 열린 공간임에도 불구하고 다른 차원의 닫혀 있는 공간이다. 밤의 운동장에서 혼자 트랙을 달리거나 빠른 걸음으로 걷는 사람들의 이미지는 고독하다. 아무 생각도 하지 않기 위해 혼자 트랙을 돌다가 몇 번째 돌았는지 생각이 나지 않아 멍해지고, 정해진 트랙을 도는 행위가 진부하게 느껴져서 운동장을 가로질러 달리고 싶은 충동에 휩싸이는 순간들이 있다. 그물망이 찢어진 낡은 농구대 위에 일그러진 달이 떠 있다는 것을 깨닫고, 이 행성에서 오래 살고 있다는 엉뚱한 생각이 떠오른다.

그와 밤의 운동장에서 할 수 있는 가장 우아한 놀이는 캐치볼이다. 캐치볼이 두 사람이 할 수 있는 가장 매력적인 운동이라는 생각은 주관적이다. 그가 던진 공이 포물선을 그리며 날아와 글러브에 꽂히는 순간은 작은 쾌감이 있다. 그와 떨어져 있음에도 그의 몸에서 시작된 운동 에너지를 오롯이 몸으로 받아내는 짜릿함을 느낀다. 그것은 내가 던진 공이 노란색 글러브를 들고 있는 그의 가슴께에 정확하게 안착할 때의 쾌감과는 조금 다르다. 언제부터인가 공을 던지는 것보다 공을 받아내는 짜릿함이 더 크다고 느낀다. 무릎을 구부리고 포수의 자세로 앉아서, 다리를 한껏 들어 올려 와인드업을 하는 그의 다리의 궤적을 본다. 던지는 자가 아니라 받는 자의 위치로 스스로를 설정한 이유는 설명할 수 없다. 던지는 자와 받는 자의 구분이 무의미하다는 것을 공의 무심한 궤적은 보여준다. 그가 자신의 키를 넘는 공을 놓쳐서 그 공을 찾기 위해 뒤돌아 뛰어간다. 운동장 저편의 가로수 그늘 아래로 그가 홀연히 사라졌을 때, 캐치볼은 계속될 수 없으리라는 예감에 직면한다. 한쪽 얼굴을 가린 달 아래 나란히 서 있는 나무들의 긴 그림자가 불안하게 흔들린다. 공이 공중을 나는 시간은 너무 짧고 그 공의 포물선을 정확하게 기억하는 것은 불가능하다. 수풀 속에서 잃어버린 야구공을 찾다가 단념하려는 순간, 누군가가 잃어버린 낡은 야구공을 발견하게 된다. 누렇게 변색된 낡은 야구공은 마치 실종자의 유류품을 발견한 것처럼 불길함을 안겨준다. 미래에 누군가도 우리들의 잃어버린 야구공을 그렇게 발견하고 이 행성의 유류품을 짐짓 외면할 것이다.

프로야구장은 사람을 들뜨게 한다. 개방된 공간을 채우는 열 감 있는 분위기, 푸른 잔디 위의 하얀 공이 날아다니는 궤적 과 선수들의 우아하고 정확한 움직임을 싫어하기는 쉽지 않 다. 야구장은 일종의 거대한 무대이고 객석은 그 퍼포먼스 를 가장 먼저 볼 수 있는 즐거움을 선물한다. 선수들은 배우 에 해당하겠지만, 각본은 없어야 한다. 작은 공의 탄성과 공 이 날아가는 선들이 만드는 우연과 우연의 연속이 경기의 분 위기를 급변시킨다. 야구는 지나치게 권태롭고 우아한 게임 이지만, 순식간에 하나의 상황이 무너지는 순간들을 만들어 낸다. 그가 응원하는 팀이 극적인 승리를 거두는 순간은 쉽게 만날 수 없다. 차라리 3루 주자가 홈에서 허망하게 죽게 되는 그런 순간들이 있다. 응원하는 팀의 저지를 입은 그의 상기된 옆얼굴 너머에서 기시감이 온다. 살아서 '홈'으로 돌아오지 못하는 것들, 생에서 반복되는 작은 죽음들의 환각.

서점에서 시작되는 일들

리처드 플래너건의 『먼 북으로 가는 좁은 길』에서 제2차 세계대전에 군의관으로 참전한 외과의사인 도리고는 베르길리우스의 『아이네이스』 염가판을 찾기 위해 런들 거리의 오래된 서점을 찾는다. 남자는 이미 그 책을 빌려 읽었지만 고대의 이야기 안에서 느낄 수 있는 특유의 분위기를 좋아했다. 이 서점에선 낭송회가 열리고 있고 일군의 군인들이 시끌벅적한 분위기를 만들고 있다. 여기서 그는 커다란 빨간색 꽃을 머리에 꽂는 대담함과 입술 오른쪽 위에 점이 있는 여자를 만난다. 먼저 말을 건넨 여자가 한 말은 남자의 눈이 진짜 까맣다는 것이다. 남자의 눈에 대한 품평은 두 사람의 관계가 시선의 위계가 없는 불가사의한 정염의 세계로 진입할 것임을 암시한다. 그곳은 수많은 영혼의 말들이 자기 몫의 작은 면적 안에 나란히 모여 있는 서점이기 때문이다. 그녀가 숙부의 아내이고, 그들이 필생을 통해 잊지 못할 정염에 빠지게 된다는 것을 미리 알아차릴 수는 없다. 서점이라는 공간은 그 우연에 어떤 계시적인 분위기를 드리운다.

서점은 연인들에게 기묘하게 어울리는 장소이다. 진열된 책들 안에 들어 있는 문장과 사유들과 그것이 만들어내는 계시적인 느낌은 이곳에 종교적인 분위기를 부여한다. 책을 찾거나 고른다는 것은 자기만의 종교를 찾기 위한 영혼의 편력이기도 하다. 자기만을 위한 일생일대의 단 한 권의 책 같은 것은 없다. 그럼에도 불구하고 영혼의 갈증을 이곳에서 채울 수 있을지 모른다는 막연한 기대는 사라지지 않는다. 서점은 바깥 세계의 번잡함과 계산들을 피해 숨어드는 동굴과 같다. 그 동굴에서 연인을 만난다면 서점의 영적인 뉘앙스는 한껏 부풀어 오른다.

그곳은 서점과 카페를 겸하는 곳이었고, 대중들에게 알려진 사람이 운영한다는 이유로 유명해졌다. 서점의 큐레이션은 생각보다 매력적이지도 개성적이지도 않다. 누구나 알고 있는 베스트셀러 목록에 올라 있는 책들이 중앙에 전시되어 있다. 그와 나는 아직 확신할 수 없는 감정들의 경계에 있었다. 따뜻한 허브티를 시키고 그와 처음 테이블에 앉았을 때 나는 뭔가를 감추지 않으면 무너져 내릴 것 같은 조바심에 휩싸인다. 테이블 위에 놓인 그의 손톱 안쪽의 하얀 반월이 마치 그의 독창성과 우아함의 증거라고 함부로 확신한다. 잠깐의 침묵도 견디지 못하고 과장되게 빠르고 크고 진지한 말투로 말을 쏟아내는 자신에 대해 약간의 굴욕감을 느낀다. 자연스러움을 연기해야 하기 때문에 결국 부자연스러워지는 일은 반복되는 실수이다. 그가 나의 이 어설픈 가면과 배역을 벗겨주기를 은근히 갈망한다. 갑자기 발작처럼 잔기침이 쏟아져 나온다. 지금 이 시간 무슨 일이 벌어지고 있는지 확신하지 못한다. 다시는 돌아갈 수 없는 동굴에서 서둘러 빠져나오는 것처럼 서점을 빠져나온다. 정해진 시간이 되면 시간을 끌지 않고 약속한 사람과 헤어져야 한다는 강박의 이유를 알지 못한다. 너무 이른 시간에 사거리 건널목에서 서둘러 그를 보냈을 때, 내 조바심과 굴욕감의 정체를 여전히 이해하지 못한다. 가벼운 피로와 상실감, 스스로에 대한 배신감 때문에 겨울비에 젖어 있던 가로수 아래서 어디로 가야 할지 몰라 머뭇거린다. 서점의 시간은 불완전하게 닫히고 다시 열리지 않을 것이다. 나는 조용히 치미는 자기혐오를 처리하는 방법을 알지 못한다.

테라스의 리듬

파스칼 키냐르의 『로마의 테라스』에는 테라스에 대한 묘사가 거의 등장하지 않는다. 17세기 바로크 시대의 판화가 '몸므'는 치명적인 사랑에 빠지고 연인의 약혼자가 뿌린 질산 때문에 얼굴에 화상을 입은 뒤 세상의 가장 어두운 구석에서 살아가고자 한다. '로마의 테라스'는 판화가의 작업실이며 아주 가끔 손님을 맞아들이는 공간이고, 그가 판화를 통해 묘사하는 세계의 일부이다. 마치 유령과 같은 삶을 선택한 예술가가 얼굴을 감추기 위해서 멀리 달리고 또 달려서 선택한 살레르노만 위의 절벽에 위치한 차양이 있는 곳이다. 은둔하는 예술가는 숨겨진 언덕 위의 테라스에서 살아야만 했다. 세상으로부터 멀어져야만 했고, 동시에 세상의 일부를 묘사할 수 있는 시야가 필요했다. 테라스는 그런 곳이다.

괴테가 '유럽의 발코니'라고 불렀던 곳은 '브륄의 테라스'라는 별칭을 갖고 있는 장소이다. 이 테라스에 대한 관심은 괴테 때문이 아니라 이 도시가 겪었던 미증유의 재난 때문이다. 이 도시는 오래전에 불타버린 도시, 그을린 바로크의 도시이다.

제2차 세계대전의 전세가 기울어갈 무렵 1945년 2월 13일에서 15일까지 네 번의 공습에서 연합군은 이 도시에 3900톤 이상의 고폭탄 및 소이탄을 투하했다. 작센 왕국의 수도였고 18세기 건축의 보석이었던 이 도시는 이 폭격으로 대부분의 문화유산이 파괴되었다. 이 공습 이후 도시 자체를 초토화하는 '융단 폭격'이나 한 블록 전체를 폐허로 만든다는 '블록버스터'가 할리우드의 대작 영화를 가리키는 용어가 된 것은 역사의 무례한 농담이다. 찬란한 바로크의 도시에는 거대한 짐승의 뼈와 같은 폐허가 곳곳에 서 있었다. 전후 이 도시의 재건은 오랜 시간이 걸렸다. 사람들은 무너져 내린 문화재의 재건을 염두에 두고 돌덩어리에 그 위치를 표시해두었고, 이 도시의 고색창연한 건물들은 대개 그을린 돌들과 새로운 돌들의 기이한 결합으로 재건되어 있다.

바로크 건축물을 지배하는 것은 무한성에 대한 욕망이다. 이 거대한 테라스는 하나의 건축물의 테라스가 아니라 여러 개의 건축물들이 이어져 있는 테라스이다. 하나의 건축물과 또 다른 건축물 사이의 단절을 은폐하는 연속성을 이 거대한 테라스는 만들어낸다. 그와 함께 참혹한 폐허 위에 재건된 바로크의 보물을 보고 싶었던 것일까? 나는 차라리 거대한 건축물에 박혀 있는 그을린 돌들의 질감을 느껴보고 싶었다. 찬란한 도시들은 얼마나 많은 죽음들을 그 안에 묻어두고 있는지를 상상하는 것은 어렵지 않다. 세계의 도시들은 거대한 문명의 묘지인 것이다. 그와 함께 이 폐허 위에 재건된 18세기의 도시에 도착했을 때, 여전히 재건을 위해 공사 중인 장소가 많았다. 바로크와 네오르네상스 건축 양식으로 지어진 작센주 최고의 궁전은 정원과 건물 일부가 여전히 공사 중이다. 건물의 정교한 문양과 부조 들은 부분적으로 검게 그을려 있고 새로 채워진 하얀 돌들의 정갈함과 대비되면서 예기치 않은 아름다움을 만든다. 브륄의 테라스는 그을린 바로크의 건축물들을 거대한 성벽처럼 뒤로하고 있다.

그와 함께 그 테라스를 다시 걷게 된 것은 저녁 무렵이다. 라벤더빛처럼 보이던 하늘이 무채색으로 변하고 차가운 공기가 스며들 때쯤, 어떤 신호처럼 가로등들이 켜지면서 다른 시간대로의 진입을 알려준다. 조명들이 그을린 돌들의 굴곡을 비춰준다. 거뭇거뭇한 돌에 비친 인위적인 빛은 돌의 표면을 다른 빛으로 감싼다. 이 바로크의 건축물들은 초월적인 상승의 이미지를 갖기보다는 밤의 축제에 동원된 인위적인 무대 장치 같다. 테라스는 밤이 들이닥치면서 완전히 다른 리듬에 휩싸인다. 이제 바로크의 리듬은 규칙적인 마디에서 즉흥적인 독주곡으로 변모한다.

테라스의 한구석 벤치에 그가 앉았고 나는 강을 내려다보기 위해 곁에 서 있다. 벤치 바로 위에 가로등이 있었기 때문에, 서 있는 사람의 그림자가 벤치에 앉은 사람의 한쪽 어깨에 드리워진다. 어떤 말들이 새어 나오고 어떤 말들이 어긋나고 어떤 말들이 잦아든다. 우리가 내는 소음은 강까지 나아가지 못하고 울타리의 경계에 서툴게 내려앉는다. 그는 불현듯 내가 다른 행성에서 온 이방인이라도 되는 것처럼 낯선 시선을 보낸다. 어디선가 우리를 굽어보는 시선, 이를테면 내려앉는 것을 잊어버린 새의 시간이 느껴진다. 여기서는 한 번도 꿈꾼적이 없는 것을 꿈꿀 수 있다고 잠깐 생각한다. 가벼운 강바람이 그의 이마에 붙은 머리카락을 만졌다고 느낀다. 그가 고개를 들자 목덜미의 굴곡이 순식간에 무너진다. 우연한 빛과 영원한 바람 사이에는 아무것도 없을 것이다. 하나의 그림자가 다른 어깨 쪽으로 기울어졌을 때, 그림자는 둘 사이의 사소하고 덧없는 말들을 지워버린다.

다리 위에서 놓치다

단테가 평생의 연인 베아트리체를 만난 곳이 다리라는 것은 전형적인 일이다. 단테는 아홉 살에 아버지와 함께 포르티나리 가문의 축제에 갔다가 아름다운 소녀 베아트리체를 보게 되고 영혼이 압도당하는 사랑을 느낀다. 9년이 지난 후 아르노강의 베키오 다리에서 단테는 베아트리체와 우연히 다시 조우한다. 다리의 난간에 단테가 기대고 있을 때 세 명의 여인이 다리를 건너오고 그중 한 명이 그녀라는 것을 알게 된다. 그녀는 살짝 웃음을 지어 보였지만 단테는 얼어붙은 것처럼 아무 말도 하지 못한다. 몰락한 귀족의 아들인 단테는 피렌체 최고 가문의 딸에게 말을 건네지 못한다. 그 후 은행가와 결혼한 베아트리체는 3년만에 세상을 뜬다. 베아트리체와의 미완의 사랑은 단테의 『신곡』에서 비로소 구원의 빛을 얻는다. 단테의 다리는 현세에서는 이루어질 수 없는 사랑의 장소였지만, 그럼에도 불구하고 연인과의 짧고 우연한 조우를 가능하게 했던 극적인 장소이다. 그 다리가 연인들의 다리가 아니라고 말할 이유는 없다.

다리는 지각할 수 있는 이 세계와 가늠할 수 없는 저 세계를 연결한다. 다리를 건너는 과정에서 가늠할 수 없는 세계는 감각할 수 없는 세계로 바뀐다. 다리를 건너는 과정은 그래서 드라마틱한 것이 된다. 다리에서 누군가를 만날 수 있는 확률보다 누군가와 어긋날 가능성이 더 높다는 것을 알게 되는 것은 언제일까? 그 다리를 끝까지 함께 걸어가지 못할 것이라는 예감은 어느 순간 찾아온다. 타구스강의 알칸타라 다리는 산세르반도성의 기슭에 있는 로마 시대에 만들어진 아치형의 다리이고 그 아래에는 협곡이 있다. 타구스강은 천년의 성채 도시를 요새로 만들어주는 강이다. 카스티야 왕국의 수도였던 이 중세 도시는 기독교인, 무슬림, 유대교인 들이 모두 살았던 찬란하고 기묘한 시간의 도시이다. 돌들의 요새란 바깥으로부터 안을 지키기 위한 것이지만 봉쇄와 고립을 견뎌야 하는 곳이기도 하다. 중세의 요새 도시는 예술가들이 그랬던 것처럼 은둔을 위해 선택할 수 있는 최선의 장소이다.

타구스강의 절벽을 따라 산책 중이던 오후에 갈색 무늬가 있는 고양이 한 마리가 가파른 계단 앞에 서 있다. 길고양이의 습성이 그런 것처럼 이 고양이는 적당한 거리를 유지한 채 우리를 내려다본다. 우리가 움직이면 고양이도 따라 움직인다. 계단을 다 오르고 굽어진 좁은 산책로에 들어섰을 때도 고양이는 적당한 거리에서 우리를 인도한다. 마치 이 중세 도시의 오래된 주인인 것처럼 우리를 조금씩 앞서간다. 그가 그 고양이가 우리를 안내하고 있다고 확신에 차서 들뜬 어조로 말했기 때문에, 나는 과장된 웃음으로 동의를 표한다. 타구스 강 변의 좁은 산책로에는 사람이 거의 다니지 않는다. 중세에서 온 가이드는 한참 동안 우리를 안내한 뒤, 산책로가 끝나고 다리가 나타나는 지점에서 홀연히 사라진다. 알칸다라 다리는 요새로 만들어진 중세 도시의 출입구로서의 적절한 단순함과 견고함을 갖추고 있다. 이 다리를 통해 중세의 순례자들은 이 요새에 출입할 수 있었다. 다리의 끝에는 성벽의 방어를 목적으로 한 둥근 탑이 있다. 다리 위에는 중세의 햇빛이 쏟아진다. 그가 긴 손가락으로 잠시 내 얼굴을 가려주었을 때, 손가락 사이로 스며들어 오는 햇빛은 찬란한 과거의 무게를 가볍게 만들어준다. 다리 저편으로 먼저 걸어가던 그가 내쪽으로 몸을 돌린다. 어깨를 돌리는 동작이 민첩하고 가벼웠기 때문에 그가 걸친 헐렁한 셔츠가 잠시 펼쳐졌다가 고요하게 내려앉는다. 잠시 후 우리들은 이 중세의 요새를 둘러싼 협곡 아래를 내려다볼 것이다. 다리를 돌아오면서 오늘은 이 요새를 벗어날 수 없음을 알게 될 것이다.

자동차의 물리학

조이 윌리엄스의 「어렴풋한 시간」에서 불우한 소년 멜은
어린 시절 아버지와 어머니가 죽고 미국으로 떠나게 되는
상황에 직면한다. 소년의 짧은 삶에는 강렬하고 기이한 죽
음들이 도처에 존재한다. 아버지는 호주 사막에서 자신의
랜드로버 자동차 냉각수를 전부 마시고 죽었다. 어머니는
늘곳 높이까지도 오지 않는 해변의 물속에서 사라졌다. 상
어는 발견되지 않았으나 밝고 선명한 피 얼룩들이 해변 쪽
으로 밀려왔다. 먼 친척 하나 없이 고아인 소년이 LA의 공
항에 내려 일주일 동안 1200평의 공항 터미널에서 쓸쓸한
생존을 이어간다. 철로 된 조랑말이 서 있는 오락실의 입구
는 멜이 일주일째 앉아 있는 거처였다. 노란색 긴 머리를
땋아서 허리까지 늘어뜨린 여자가 오락실을 나와서 멜에
게 다가와 곤경에 처한 그에게 텍사스로의 동행을 제안한
다. 이 기묘한 조우는 소년에게 새로운 세계로의 월경을 의
미한다. 그녀는 커다랗고 육감적인 흰색 자동차에 소년을
태우고 끝임없이 소년에게 무언가를 먹이면서 텍사스를
가로질러 1600킬로미터를 달린다. 그녀는 부자들의 자동
차를 운전해서 옮겨주고 부품을 바꿔치기하는 사람이다.

여자는 거칠고 흔들림이 없는 반짝이는 존재였으며, 달이 뜨지 않는 밤에도 검은 선글라스를 쓰는 매력적인 운전자이다. 가엾게 죽은 엄마처럼 끊임없이 말해주는 사람이고, 소년의 연인이기도 했다. 그들의 자동차는 어떤 경계도 없이 달리는 차이지만, 주인에게 전달될 때까지만 시한부로 달릴 수 있었다.

자동차는 움직일 때와 움직이지 않을 때 전혀 다른 사물이 된다. 달리는 자동차는 몸의 일부를 대신하는 신체의 연장으로 변한다. 실린더 안의 작은 폭발의 연속으로 에너지가 전달된다는 내연 기관의 원리는 매혹적이다. 연소란 움직이는 모든 것들의 원리일지도 모른다. 연인들은 몸 안에 내연 장치를 갖고 있을 것이다. 순간순간의 작은 폭발이 없다면 연인들의 예측할 수 없는 에너지는 만들어지지 않을 것이다. 1800년대부터 시작된 내연 기관의 긴 역사는 곧 종말을 앞두고 있다. 디젤 자동차를 하이브리드 자동차로 바꾸었을 때 자동차의 소음과 진동이 너무 작아졌기 때문에 다른 몸을 가진 감각이었다. 저속으로 갈 때 거의 소음이 나지 않고 갸르릉거리는 소리는 한 번도 경험해보지 않은 동력을 몸에 두른 느낌이다. 자동차 엔진을 움직이는 것이 매 순간의 연소와 작은 폭발이라는 것을 잠시 잊게 된다.

자동차에 열광하는 사람은 두 가지 종류일 것이다. 하나는 물론 자동차의 이미지에 매혹되는 것이고, 두번째는 자동차라는 기계의 감각이 신체에 전달되는 것에 매혹되는 것이다. 사실 이 둘 사이의 차이는 그렇게 명백하지 않다. 자동차를 타고 다른 차가 주차된 좁은 길을 빠져나갈 때 무의식적으로 몸을 움츠린다. 자동차가 신체 속에 이미 내면화되어 있는 것이다. 자동차는 이미 몸의 연장이며 확장이다. 자동차는 안전하고 매끈한 외투이고 완벽한 근육을 가진 다리이다. 몸과 자동차의 경계는 모호해진다.

누군가와 함께 있기 위해 정차한다면 자동차는 다른 공간이 된다. 자동차는 기계가 아니라 방이 되기를 바란다. 순교 성지 근처의 주차장은 넓었고 아무런 통제가 없었다. 주차 요금조차 받지 않았다. 그곳이 연인들의 성지가 되는 것은 자연스러웠다. 강변 공원의 주차장보다 뷰가 좋지도 않고 음료와 컵라면을 사다 먹을 수 있는 편의점도 없었지만, 그럼에도 불구하고 아무런 통제가 없다는 의미에서 완벽한 연인들의 주차장이었다. 연인들에겐 주차장조차 방이 된다. 연인들이 주차장을 방으로 바꾼다는 것은 주차장의 용도를 왜곡하는 것이지만, 그럼에도 불구하고 주차장의 어떤 잠재성을 발명하는 것이다. 연인들이 지붕이 있는 방을 찾아갈 수 없을 때 이 완벽한 주차장이 있다는 것은 다행스러운 일이다. 자동차는 길 위의 연인들을 언제든 잠시 정주할 수 있게 한다.

신도시의 거대한 고층 아파트 숲이 그 주차장을 에워싸고 있었지만 연인들이 그 아파트의 방을 갖는 일은 쉽게 오지 않을 것이다. 높은 아파트의 불빛을 차지한 사람들은 안도감 때문에 삶에 순응할 수 있을지도 모른다. 밤의 주차장에서 다른 자동차 불빛 같은 것들이 갑자기 차에 비칠 때 이곳이 온전한 방이 아니라는 것을 불현듯 깨닫고 두려운 침입자를 마주한 것처럼 놀랄 것이다. 지상의 방 한 칸은 쉽게 얻어지지 않는다. 성지 근처의 주차장이라는 게 역시 문제였던 것인지 그 주차장은 통제가 시작되었다. 입구에 주차 바리케이트가 세워졌고 성지 출입자만을 통과시켜주었다. 이렇게 해서 진정한 성지는 사라졌다.

그는 면허가 있었지만 차를 운전하지 않았다. 그가 다시 운전을 배우고 싶다고 했을 때 그것은 예민한 문제였다. 운전을 가르친다는 것은 생각보다 섬세하고 미묘한 문제이다. 어느새 내 차의 운전석에 그가 앉아 있기 시작했고 공터와 주차장과 한적한 근교의 도로를 그가 운전하기 시작한다. 때로 긴장하고 때로 자신의 실력에 조금씩 도취된 그의 옆모습을 보는 것과, 핸들 위에 올려진 그의 오른손 손가락의 약한 떨림을 보는 것은 불안하지만 흥미로웠다. 그는 자동차라는 기계의 리듬과 강약에 점점 더 신체의 감각을 맞추어나간다. 그가 더 이상 급정거를 하거나 갑자기 끼어드는 차에 놀라거나 번잡한 골목에서 당황하지 않게 되었을 때, 그가 아이보리색 소형 SUV를 타고 나타났고 미묘한 상실감이 찾아온다. 자신의 차를 가진 그의 얼굴은 방금 호수에서 헤엄쳐 나온 사람처럼 깨끗하고 그 표정은 바다에서 물고기가 뛰어오르는 것처럼 생기로 가득 차 있다. 그는 저 차를 타고 내가 알지 못하는 시간과 경계를 넘어 달릴 것이다. 나는 기묘한 질투심과 무력감에 휩싸인다.

언젠가의 카페

앤드루 포터의 『빛과 물질에 관한 이론』에서 물리학 노교수와 서른 살 아래의 젊은 제자는 세상에 밝히기 힘든 교감과 쉽게 무너질 수 없는 온기를 나누는 사이가 된다. 제자는 교수의 방정식 문제를 풀어낸 유일한 사람이지만, 결혼을 약속한 남자 친구는 이 관계를 이해할 수 없다는 것을 안다. 혼자 사는 교수의 학교 근처의 아파트는 어두침침하고 퀴퀴한 거실과 얼룩덜룩한 벽, 낡은 책들이 꽂힌 책장과 커다란 오크목 책상이 전부인 소박한 공간이고, 제자는 그곳의 열쇠를 갖게 된다. 어느 날 두 사람은 충동적으로 바에 가서 술을 마시고 싶어 한다. 두 사람은 들떠 있었고 손을 잡고 둘만의 대화에 열중하느라 그곳이 세상에 노출된 장소라는 것을 의식하지 못한다. 그곳에서 그녀가 남자 친구를 마주치게 될 가능성에 대해서도 말이다. 연인들은 대개 부주의하고 그 부주의함은 감출 수 없는 것을 감추려는 데서 시작된다. 잡았던 손을 조용히 놓아버리고, 다감한 연인이 아닌 늙은 교수로 돌아온 그가 미소를 지어 보이며 아무 말 없이 문밖으로 걸어 나가는 그 순간은, 그들의 사랑이 결코 카페라는 무대에 올려질 수 없음을 뼈아프게 확인하는 시간이다.

카페는 잠시 머무를 수는 있지만 체류할 수도 소유할 수도 없는 공간이다. 좋아하는 카페와 선호하는 좌석이 생기면 카페는 며칠의 휴가 기간을 보낸 숙소처럼 친근해지지만, 누군가가 이미 그 자리를 차지하고 있다는 것을 알게 되는 순간 카페는 낯선 공간으로 변한다. 현대의 카페는 대개 안이 완전히 보이는 통창으로 되어 있는데, 이것은 바깥을 내다보는 개방감 때문만은 아니다. 창가에 앉아 있는 사람들은 자신이 이 거리의 무대에서 연기하고 있다는 것을 알고 있을 것이다.

카페에는 두 가지 종류의 사람들이 있을 것이다. 누군가를 만나 대화하기 위해서 들른 사람과 혼자 무언가에 열중하기 위해 찾아온 사람. 혹은 커피를 테이크아웃해 가거나 다만 잠깐 커피만을 마시기 위해 들른 사람일 수도 있다. 나는 대개 마지막 종류의 사람에 속했다. 카페에 혼자 가는 일이 많고 오래 머물러본 적이 없다. 에스프레소의 점액질의 밀도와 터무니없이 적은 양이 주는 여운을 좋아한다. 불면에 대한 과장된 두려움 때문에 오후에는 디카페인을 마셔야 해서 원두에 대한 선택지는 많지 않다. 카페에 혼자 앉아 있는 잠깐의 시간에 나를 둘러싼 세계는 좀더 모호해진다. 사람들의 대화 소리, 직원이 손님을 부르는 소리, 커피잔을 옮기는 소리, 결제

하는 소리들이 커피 향과 어울리면 공간은 좀더 흐릿해져간다. 카페에서는 세계에 대한 지리적 감각이 오히려 약화된다. 좌표를 찾기 위해서가 아니라 좌표를 잃기 위해서, 마치 마약 성분이라도 들어 있는 것처럼 그 적은 양의 에스프레소 한 잔을 여러 차례에 나누어 마신다. 그리고 카페 벽에 페인트가 벗겨진 작은 흠이나 조명 기구의 곡선을 무심코 응시한다. 생각은 문장으로 정리되지 않고 마치 고대의 상형문자처럼 이미지로 흩어져버린다.

카페의 연인들은 둘 사이의 공간이 무대에 올려져 있는 것을 받아들여야 할 것이다. 누군가를 마주칠 수 있는 카페가 불편한 것은 그곳이 번잡한 무대라는 것을 의식하게 되기 때문이다. 그래서 조금 더 조용하고 손님이 드문 카페를 찾게 되지만 아이러니하게도 그런 카페는 대개 월세를 견디지 못하고 문을 닫기 십상이다. 편안함을 경험했던 몇 개의 카페가 문을 닫는 것을 보고 느끼는 사소한 상실감은 점점 무뎌진다. 연인들에게 꼭 맞는 카페 같은 것은 지상에 없다.

이국의 야외 카페에 그와 앉아 있다. 햇살이 카페 의자의 그림자를 만들고 그의 표정 안에서 따뜻한 일렁임을 본 것 같다. 음료수 컵의 윗부분에 닿는 그의 손톱의 움직임을 의식하면서 이제는 말을 넘어선 교감이 있을지도 모른다고 생각한다. 서로의 표정과 몸짓을 너무 쉽게 알아챌 수 있다는 것이 오히려 조금 서운할 수도 있다. 햇살이 그의 한쪽 베이지색 스니커즈를 조명처럼 비추고, 그 사이를 잿빛 비둘기가 침입하여 종종거리는 것을 얼마나 오래 보았는지 알 수 없다. 이번 생에 이 먼 곳의 카페에 다시 앉아 있는 일은 없을 거라는 걸 잘 알고 있기 때문에, 카페는 순간적으로 완벽해 보인다. 카페는 거대한 세계의 문틈 그 숨겨진 뒤쪽에서 햇빛을 받고 있다. 모든 것이 평온해 보이지만 어떤 예감도 확신도 찾아오지 않는다. 어느 날 지금 이 순간의 햇빛조차 기억하지 못하는 망각에 대해 혐오하게 될지도 모른다. 카페의 그늘에서 다른 삶이 슬며시 시작되고 있다는 느낌은 오래가지 않을 것이다.

두 개의 극장

그 지방 대도시에서 가장 매력적인 공간은 80년이 넘은 현존하는 국내 유일의 단관 극장이었다. 출발지 역 거대한 쇼핑몰 안 복합상영관의 먼 저편에 그 오래된 극장의 시간이 있다. 멀티플렉스 극장과 그 단관 극장 사이의 시간은 내 생애의 모든 극장과 영화의 장면들을 품고 있다. 단관 극장과 복합상영관 사이에 있는 것은 KTX 철로만이 아니다. 철길은 공간을 가로지르는 것이 아니라, 시간의 경계를 거슬러 올라간다. 어떤 여행은 장소의 배후에 있는 시간의 경계를 가로지른다. 단관 극장은 이제 역사적 유물이며, 거대한 멀티플렉스 극장은 수많은 스크린들이 배치된 곳이다. 단관 극장에 비하면 선택의 폭이 넓어진 것처럼 보이지만, 실제로는 새로운 독점의 구조를 구축하고 있다. 낡은 단관 극장에서 오히려 다양성의 영화들이 상영되고 있다는 것은 극장의 아이러니이다.

늦가을의 어느 하루, 스크린의 시간이 느리게 흘러가는 영화가 네다섯 명의 관객만이 있는 단관 극장에서 상영된다. 지나치게 크고 낡은 단관 극장의 2층 객석으로 가기 위해서는 오래된 목조 계단을 올라가야 한다. 같은 시간대 대도시의 멀티플렉스 영화관에서는 디즈니 영화가 열 개도 넘는 스크린에서 상영되고 있다. 이 두 영화의 겨울 이미지는 동시간대의 다른 모서리를 가진다. 영화는 폭설 속에서 아버지의 직장을 찾아가는 소년의 일과를 어떤 대사도 드라마도 없이 느리게 보여준다. 이 영화가 대중에게 사랑받는다는 것은 아마 불가능할 것이다. 이 두 극장 사이에는 시간의 경계가 있고, 한반도의 남쪽으로 뻗어 있는 철길의 둔중함이 있다. 철길은 경계를 이어주고 동시에 경계를 나눈다. 모든 단절과 경계의 지점들에는 아직 철길이 있다. 그는 두 극장 사이에, 그 철길 너머에 나와 함께 있다. 그의 카멜색 가을 코트 자락 사이에 스미던 출발지의 날카로운 아침 공기와 단관 극장의 오래되고 서늘한 먼지들이 만들어내는 감각의 세계가 동시간대에 있다.

극장은 일종의 무덤이다. 그 안에서 사람들은 수없이 많은 죽음들을 보고 체험하며, 자신들의 일상적인 시간을 가사 상태처럼 정지시킨다. 극장은 객석과 무대가 나누어져 있지만, 어느 순간 객석 역시 무대의 일부라고 느끼게 된다. 이를테면 무대 중앙이나 앞쪽 객석에 앉아 있을 때 무대 혹은 스크린이라는 거대한 눈이 이 공간을 들여다보고 있는 듯한 두려움을 느낀다. 스크린의 빛 때문에 객석이 밝아지는 순간이면 조명이 켜진 무대에 올라온 듯한 당혹감이 밀려온다. 객석에서조차 삶의 연기는 계속된다. 중세 사람들은 공연 무대를 지상 세계를 넘어선 내세의 공간이라고 믿었다. 무대와 스크린은 삶의 일부가 아니라, 삶 너머의 세계를 상연한다.

그와 함께 극장의 객석을 선택할 때 언제나 왼쪽 맨 뒷좌석을 예매하곤 한다. 그런 좌석은 상대적으로 가장 무대로부터 먼 구석이다. 그곳이야말로 객석의 객석다움을 가장 잘 보존하는 공간이다. 그 공간에서 나는 극장의 가장 왼쪽 구석에 앉아 있는 그의 오른쪽 얼굴을 볼 수 있다. 그가 슬퍼하거나 두려워하거나 지루해하거나 놀라는 표정을 말이다. 그의 반쪽 얼굴의 표정이 극장의 어둠을 조용히 끌어당긴다. 나는 그의 얼굴에 명멸하는 스크린의 현란한 빛을 훔쳐본다. 그 빛이 그의 얼굴에 머무는 시간은 덧없고 짧을 것이다. 암전과 침묵이 극장을 채우는 순간이 아주 짧은 것처럼. 극장의 빛과 어둠이 불러낸 유령이 잠깐 그에게 머문다. 마치 그도 알지 못하는 한때의 그 자신의 모습으로.

자연사박물관 앞에서

모니카 마론의 소설 『슬픈 짐승』에서 자연사박물관에 근무하는 고생물학자인 '나'는 박물관 구조조정을 위해 파견된 개미 연구자인 남자를 브라키오사우르스라는 공룡의 뼈대 아래서 만난다. 자신의 직장인 자연사박물관 안의 거대한 공룡 뼈 아래의 장소는 삶을 통해 끊임없이 떠올려야 하는 절대적인 순간의 자리가 된다. "아름다운 동물이군요"와 같은 문장을 떠받치는 부드러운 목소리의 공명은 마치 "신탁을 받은 것처럼" 일생 동안 다시 되새겨질 수밖에 없다. 1억 5천만 년 전의 죽은 짐승의 뼈가 만든 공간은 느닷없이 침입한 사랑의 열병으로 인해 돌이킬 수 없는 정염의 시간을 불러온다. 그리고 그 남자가 남기고 간 안경을 몇 년 동안 끼고 살아서 스스로의 시력을 망가뜨리는 형벌을 감수한다.

박물관은 거대한 시간의 축적을 하나의 공간에 전시할 수 있다는 야심의 산물이다. 무한한 시간의 단층들을 한자리에 보여줄 수 있다는 발상은 공허하다. 오래된 사물들을 체계적으로 모아놓을 수만 있다면 시간의 집적은 가시적인 것이 되고 이 장소는 영원성을 갖게 되는 것일까? 하지만 이런 공허한 야심 때문에 박물관은 시간과 무한성을 둘러싼 기묘한 공기를 갖게 된다. 그 공간은 아득한 시간에 대한 긴 애도의 자리이다. 자연사박물관이란 우주적인 시간의 단위를 박제하고 전시할 수 있다는 근대 이후의 문명과 제국들의 오만함의 산물이지만, 개인의 기억은 그 오만함의 반대편에 겸손하게 숨어 있어야 한다.

11월의 어느 날 그와 내가 결국 그 박물관 앞에 가게 되리라고는 상상하지 못했다. 때로는 막연한 동경의 영역 속에 머물러 있어야 할 순간들이 실제로 우리 앞에 들이닥치게 되고, 그 순간은 감동적이라기보다는 형언할 수 없는 불안감을 불러오기도 한다. 박물관이라기보다는 고색창연한 대학교를 연상시키는 건물은, 그을린 듯한 회색빛이 군데군데 스며 있는 바랜 아이보리색의 돌로 된 건물이었다. 이 박물관의 유명한 공룡 뼈는 고생물학자인 베르너 야넨슈가 1909년부터 5년에 걸쳐 탄자니아에서 발굴했고, 키 13.27미터, 길이 22.25미터로 세계에서 가장 큰 규모라고 알려져 있다. 자연사박물관 앞에서의 미묘한 떨림이 당혹감으로 바뀌는 데는 지나치게 들뜬 몇 걸음의 시간밖에 걸리지 않았다. 그리 늦지 않은 오후였는데 관람 시간이 끝났다는 것이다. 일정상 다시 올 수 없는 곳이기도 했고 실망감 때문에 그 자리를 쉽게 떠나지 못하고 있을 때, 박물관 현관문의 아치형 유리와 창문 프레임 사이로 거대한 공룡 뼈의 일부가 보인다. 박물관 입구 로비에 전시된 공룡은 너무 거대했기 때문에 유리창으로부터 자신의 몸을 가리지 못한다. 몰래 박물관에 숨어들어 공룡의 뼈를 보는 것처럼, 박물관 앞을 서성이며 다양한 각도에서 공룡 뼈의 일부를 훔쳐보고 그것이 몸의 어떤 부분인지를 가늠해본다.

박물관 앞의 작은 공원의 떨어져 내린 낙엽들은 거칠고 두터워서 아주 오래전 이곳에 떨어진 나뭇잎의 화석 같다. 나뭇잎들이 늦가을 바람에 몸을 뒤척이지 않았다면, 그것을 화석이라고 확신했을 것이다. 그 나뭇잎을 떨어뜨린 오래된 나무는 몇 백 년 동안 중력의 지배를 받으며 서 있다. 박물관 창문의 프레임에 의해 잘려 나간 쥐라기 시대의 거대한 초식동물의 뼈 일부를 본 것은 행운이다. 1억 5천만 년 전이라는 아득한 시간을 절대로 가늠할 수 없는 것처럼, 그 공룡의 전모를 볼 수 있는 눈을 우리는 갖지 못한다. 어쩌면 그와 내가 볼 수 있는 브라키오사우르스의 몸은 저것이 최대치일지도 모른다.

몇 해가 지나고 혼자 자연사박물관 앞에 서 있다면, 그때 보지 못한 공룡 뼈의 전모를 보기 위함이 아닐 것이다. 아마도 그날은 입장이 가능할 것이고, 그럼에도 불구하고 그 공룡을 보기 위해 입장하는 일은 없을 것이다. 유리 창문 사이로 훔쳐본 공룡의 뼈가 내가 볼 수 있는 1억 5천만 년의 시간의 감각을 둘러싼 최대치의 이미지임을 인정해야만 할 것이다. 공룡의 전모를 보지 않는다는 것은 공룡의 뼈을 둘러싼 기억의 내밀함을 간신히 유지하려는 가난한 의례일 것이다. 1억 5천만 년 전에 시작된 거대한 슬픔이 몸을 누르는 것을 한순간 잊을 것이다.

익명의 광장

광장은 여러 사람이 모이는 곳이지만, 그만큼 또 익명적인 공간이다. 광장이 자유로운 것은 몸을 움직일 수 있는 공간은 넓지만 나를 알아보는 사람은 없다는 믿음 때문이다. 광장을 가로질러 걸어가는 연인들은 그 자유로운 공기를 떠다닐 것이다. 여행지의 광장은 그 익명성이 더욱 강력해진다. 걸음걸이의 리듬은 지나치게 가벼워지고 피부에 닿는 바람은 더 예민한 질감으로 느껴진다. 바람은 마치 지금 여기가 본 적이 없는 오후라는 것을 설득하는 것처럼 옷깃을 흔든다. 광장을 둘러싼 고색창연한 건물의 창문들이 광장을 들여다보고 있지만, 그 시선이 부담스럽지는 않다. 먼 창문에 누군가가 서 있다면 손을 흔들어주어도 될 것 같다. 이 광장은 1900년대 초 박람회장으로 만들어졌고 반달 모양의 광장을 둘러싼 건물 양쪽에 정교한 탑이 있다. 광장의 중앙에는 분수가 배치되어 있다. 건물 앞에는 운하가 만들어져 있어 작은 곤돌라들이 영화 소품처럼 떠 있다. 광장 쪽 건물 벽면과 벤치에는 타일 모자이크가 장식되어 있다. 광장을 둘러싼 운하는 다소 인위적이어서 이 광장을 거대한 세트장처럼 보이게 한다.

어스름이 짙어지자 갑자기 광장을 빙 둘러싼 모든 가로등에 한꺼번에 불이 들어온다. 가로등은 끝이 뾰족하고 길쭉한 등을 달고 있어서 작은 탑처럼 보이고 고풍스럽고 화려한 느낌을 준다. 아무 소리도 들리지 않았지만 마치 쨍 하고 일제히 가로등이 소리를 낸 것만 같다. 그는 광장의 한복판에서 기타를 연주하는 사람을 향해 걸어간다. 그가 흥얼거리는 것처럼 입술을 움직였지만 소리는 들리지 않는다. 습기가 남아 있는 그의 입술은 소리 없이도 신호를 보낼 수 있다. 그는 그 누구에게도 어떤 세상에도 속하지 않는 사람의 리듬으로 걸어간다. 그의 발은 무중력 상태가 되어 공중으로 조금씩 날아오를 것이다. 가로등이 일제히 켜지는 시간을 미리 알 수는 없다. 그와 나눈 가장 찬란하고 가장 뼈아픈 순간을 미리 알 수 없는 것처럼. 그는 곧 이륙할 것이다.

또 다른 광장에서 우리는 비를 피해 광장의 야외 카페에서 간단한 음식을 먹고 있었다. 여기는 이국의 광장이고 사람들은 그와 나를 중국인이나 일본인이라고 여길 수도 있기 때문에, 이방인의 자유를 누릴 수 있다. 여행지에서 귓전에 들리는 한국어는 얼마나 당혹스러운지. 소나기가 퍼붓다가 빗줄기가 가늘어져서 곧 이곳을 떠나야겠다고 생각한다. 동남아인으로 보이는 남자가 꽃을 팔기 위해 테이블로 다가온다. 그가 들고 있는 그리 싱싱해 보이지 않는 분홍색 장미꽃을 사야 할

것 같지 않아 망설이고 있는데, 중국인인가 일본인인가 물어
보더니 갑자기 유창한 한국말을 쓰기 시작한다. 자신이 살았
던 수도권의 도시를 말하면서 한국에 대한 이야기를 신나게
늘어놓는다. 그 남자의 입에서 한국의 지명이 발음된 순간 설
명할 수 없는 당혹감이 느껴진다. 자신이 얼마나 좁은 방에서
열 명의 사람들과 살았는지 말했기 때문에 죄의식이 밀려온
다. 들키고 싶지 않았던 잠행을 누군가에게 들킨 것처럼, 난
처하고 엉거주춤한 자세로 그 남자의 말을 끊지 못한다. 그가
그 사람의 장미를 사준 뒤에야 대화는 마무리된다. 광장에서
의 익명의 자유는 예기치 않은 방식으로 중단된다. 이것은 참
기이한 광장 공포증이다. 야외 카페 파라솔 끝의 마지막 빗방
울이 주저하는 몸짓으로 단념하듯 떨어져 내린다.

몇 개의 기차역

앨리스 먼로의 「아문센」에서 아문센은 교사인 '내'가 수업을 통해 알게 된 외과의사의 집이 있는 곳이다. 단호하고 때로 냉혹해 보이는 의사는 나를 자신의 집으로 초대하고 얼마 지나지 않아 '내게' 청혼한다. 결혼을 하기 위해 헌츠빌로 가야 했고 거기서 간소한 결혼식을 올릴 예정이다. 갑자기 그가 내가 짐작할 만한 시간도 주지 않고 결혼을 못 하겠다고 고백한다. 결혼식을 올리기 위해 간 그곳에서 달콤한 시간조차 없이 버림받고, 그는 토론토로 돌아가는 기차역으로 '나'를 데려간다. 그가 기차표를 사주고 여성 대합실에 앉은 '나'는 혹시라도 돌아올지 모를 그를 보기 위해 기차역 정문이 바라보이는 벤치에 앉는다. 기차가 떠나기 전 그가 너무 늦지 않기를, 창백한 봄 햇살을 바라보며 자신의 어리석음을 깨닫고 차를 돌려 되돌아오기를 기다린다. 기차역은 그런 곳이다. 미래가 그곳에서 열리기를 기대하지만, 그 미래와 순식간에 단절되는 곳. 그의 왼쪽 눈에 대한 기억이 아직 남아 있지만, 기차역은 결국 아무것도 약속해주지 않는다.

기차역은 기찻길의 일부이다. 기차역은 언제나 기차와 함께 움직일 준비가 되어 있는 공간이다. 기차역들은 한 도시의 입구로서의 생뚱맞은 표정을 하고 있다. 이를테면 외국의 도시에 처음 도착했을 때 대면하는 것은 거대한 출입구와 철제 프레임의 천장, 로비 공간의 사람들의 분주한 걸음걸이, 출구를 찾지 못할 때의 낭패감이다. 그럴 때면 몰래 숨어든 소심한 침입자처럼 이 기차역의 구조를 이해하는 데 꽤 많은 시간이 걸릴 것 같은 불안함이 밀려온다.

기차는 연인들을 아주 먼 곳에 데려다줄 수 있는 희망을 약속한다. 달리는 기차에서 보이는 익숙한 풍경들, 이를테면 함부로 주차된 자동차들, 어지럽고 조잡한 간판들, 푸른빛을 지워가는 나무들, 들판의 비닐하우스의 허술함, 조금씩 허물어지는 산들, 갑자기 어두워지는 마을들과 너무 늦게 발견된 것 같은 풍경의 세부들. 생생한 풍경이 지나가면 텅 빈 풍경이 나타난다. 풍경은 그 내부로 침입할 수 없기 때문에 무해한 아름다움을 느끼게 하지만 닿을 수 없다는 느낌을 준다. 기차 창문으로 보는 풍경은 창문의 프레임과 열차의 속도로 인해 단속적인 풍경이 된다. 야간 열차가 지방의 어느 한적한 역에 들어섰을 때의 따뜻한 불빛들은 아주 오랫동안 이 역에 도착하기를 기다린 것 같은 착각을 불러일으킨다. 밤 기차에서 잠깐 졸다 깨면 아무도 없는 텅 빈 객차를 타고 끝도 없는 무한

궤도를 달리고 있다는 환각.

Y역은 다만 떠나는 곳이다. 이 역을 통해 떠나고 돌아온 수많은 여행이 있었지만, 이곳은 떠나는 곳의 이미지로만 남아 있다. 기차역은 한 번의 영원한 떠남이 아니라, 무수한 떠남이 벌어지는 장소이다. 이를테면 10월의 어느 아침 Y역을 통해 떠날 때, 역을 끼고 있는 복합쇼핑몰의 현대적인 위용이나, 독특한 키치의 왕국을 자랑하는 대형 찜질방의 이미지는 다시는 보지 못할 것처럼 느껴진다. 역에서 떠날 때마다, 저 이미지들은 다시 돌아올 수 없는 장소처럼 서 있다. 그리고 또다시 기차역 앞에 섰을 때, 그 이미지들을 처음 본 것처럼 대면하게 된다. Y역은 과거와 현재와 미래라는 시간대가 동시대의 이름으로 한꺼번에 펼쳐지는 기이한 곳이다. 그곳에서 시간은 순차적으로 다가오는 것이 아니라, 예측할 수 없는 방식으로 동시에 출몰한다.

남쪽 도시로 가는 짧은 여행에서도 그랬다. 그 여행이 꼭 그곳으로 가는 여행일 이유는 없었지만, 다른 여행을 생각할 수 없는 계절이었다. 계절은 장소에 특정한 시간의 이름을 덧씌운다. 그러면 그 장소는 언제나 그 계절 속에 있는 것이다. 그와 함께 구체적인 계절의 이미지를 공유한다는 것은 시간의 흔적이 지워지는 것을 늦출 것이다. 하지만 그 기억이 어떻게

111

발설되고 잊히는가는 아무도 알 수 없다. 호남선 KTX가 Y역에서 출발한다는 것은 역사적인 우연이다. KTX 때문에 만들어진 지방의 S역은 Y역의 거울 이미지처럼 함께 서 있다. 그곳은 변두리 지역의 쇠락함과는 어울리지 않은 역이다. S역과 Y역에 미군이 주둔해 있었다는 것과 같은 역사의 기억은 우연에 속할 수도 있다. KTX 역사 때문에 생겨난 기차역 주변의 생동감은 머물 수 없는 사람들의 발걸음이 만들어내는 것이다. S역 앞 카페의 창문으로 어둠이 스며드는 풍경을 그와 함께 바라보았을 때, 그것은 마치 작은 Y역과 같았다. 그의 깨끗한 눈썹 아래의 표정은 약간 그늘져 보였고 그건 너무 많은 시간의 질감을 경험했기 때문일지도 모른다. 두 역 사이 철길의 어느 중간 지점에서 기억은 피부를 매일 조금씩 바꿀 것이다.

기차역의 시간성은 가독성이 없다. 하나의 장소에는 하나의 시간이 머물고 있는 것이 아니다. 하나의 장소는 무수한 시간의 주름을 품고 있다. 기억 너머의 형언할 수 없는 시간은 캄캄한 침묵에 둘러싸여 있다. 기차역의 시간들은 스스로 말하지 않는다. 현기증 나는 개발의 속도감은 시간의 입을 다물게 한다. Y역 주변을 걷고 있던 그와 내가 시간의 뒤엉킴을 경험했다면, 그 장소가 주는 기이한 감각 때문일 것이다. 내가 잠시 살았던 Y역 근처를 떠난 것은 미군부대 담장 안쪽의 벚꽃

잎들이 담을 넘어 비처럼 내리던 봄날이었으며, 그와 함께 그곳을 다시 찾은 것은 12월의 따뜻한 오후이다. 그곳은 기억을 뒤섞는 장소이다. 그의 반듯한 인중의 굴곡이 만드는 무심한 표정은 봄날과 겨울날 사이의 동시간대에 머물러 있다.

국경과 공항

환송대가 있는 공항은 지상과 공중 사이의 우아한 이별의 공간을 제공한다. 크리스 마커의 사진으로만 이루어진 영화-소설 『환송대』에서 공항의 환송대는 이야기의 처음과 끝의 무대가 되는 공간이다. 제3차 세계대전으로 인류의 모든 것이 파괴된 파리에서 살아남은 자들은 시간을 통과하는 여행을 통해 생존을 모색한다. 과거의 한 이미지에 집착하는 남자는 기억을 둘러싼 실험의 대상이 된다. 그 남자는 전쟁 전 오를리 공항의 환송대에서 비명을 지르는 사람들과 쓰러지는 남자 그리고 한 여자의 얼굴을 떠올린다. 그 남자에게 기억은 날짜 없는 세계이고 그 몽환적인 세계에서 한 여자와의 순간이 떠오른다. 유년과 과거와 미래를 오가는 실험의 막바지에 그는 환송대의 휴일로 돌아가고 싶어 한다. 환송대 끝에 여자가 있고 그녀를 향해 뛰어가지만 그 장면은 자신이 죽는 장면이다. 환송대는 파괴된 현재와 아름다운 과거의 경계에 있고, 기억의 잠재성과 기억의 불가능성 사이의 경계에 있다. 환송대는 지상과 공중 사이에서 사랑의 기억은 얼마나 끈질기게 잠재적이며 동시에 '불가능한' 것인가를 보여주는 장소이다.

공항의 내부에는 거대한 짐승의 등뼈 같은 천장이 있으며 사람들은 예측할 수 없는 방향으로 몰려다닌다. 통창으로 번들거리는 거대한 금속 물체가 서서히 움직이는 것을 보는 것은 은색 비늘로 둘러싸인 육중한 짐승의 움직임을 마주한 느낌이다. 환승을 위한 공항은 기이한 장소이다. 그 나라에 머물기 위해서가 아니라 다만 환승하기 위해 잠시 공항을 거쳐 가는 것을 그 나라에 들렀다고 말할 수 있을까? 그곳은 장소라기보다는 공중에서 비행기를 옮겨 타는 우주 정거장과 같다. 이 장소는 어떤 나라에도 어떤 대지에도 속하지 않고, 승객들은 소속이 없는 공간에 머물고 있는 것이다. 떠나기 위해서만 잠깐 머무르는 환승 공항의 이미지는 연인들의 시간에 대한 은유가 될 수 있다. 스크린에 명멸하는 비행기의 출발 시간은 공항 내부의 시간을 추상적으로 분절한다. 창밖으로 계속 뜨고 내리는 거대한 기계 장치들을 보면서, 지구로 돌아갈 수 없는 사람들이 거쳐 가는 우주 정거장에 대한 환각을 본다. 그곳에서 할 수 있는 일은 면세점을 기웃거리거나 금방 피로가 몰려와서 잘 터지지 않는 휴대폰을 확인하다가 졸거나, 공항의 소음을 잊기 위해 책을 읽는 일뿐이다. 공항에서는 모든 국적의 사람들이 몰려다니고 아무도 정체성에 대해 의식하지 않는다. 이 기묘한 익명성이 공항을 무중력의 공간으로 만든다.

공항에서 필수적인 파트너는 여행 트렁크이다. 여행 중에 그 것은 이동하는 작은 방이고 내가 소유한 사물들의 모든 것이 다. 공간과 무게가 제한되어 있기 때문에 최소한의 물건만을 담아야 하고, 생의 마지막을 함께할 사물들만을 챙기는 것 같 다. 여행 트렁크는 심플하고 금욕적인 삶의 상징물이다. 외부 수납이 편리한 브라운색의 소프트 트렁크를 오래 갖고 다녔 고 그것은 몇몇 여행지의 장면들을 떠올리게 했지만, 나는 별 다른 이유 없이 그레이색 하드 트렁크를 다시 샀다. 하드 트 렁크는 출발지에 남겨진 것들과 단절하려는 단호한 작별의 뉘앙스에 보다 가까워 보인다. 언젠가 대형 여행 트렁크에 들 어가는 사물들과 작은 SUV 자동차로 옮길 수 있는 살림살이 만을 내 생애에 가지리라고 다짐한 적이 있다. 그 생각이 얼 마나 터무니없는 것인가를 깨닫는 데는 오래 걸리지 않았다. 여행 트렁크를 항공사에 부치고 나면 신체는 홀가분해지지 만 작은 불안감과 상실감이 온다. 가장 작은 나의 방은 다시 내게 돌아올 수 있을까?

그와 공항에서 무료한 시간을 참아내기 위해 책을 읽는다. 공 항에서의 독서는 단 한 줄의 문장도 정확하게 기억나지 않을 것이다. 읽는다는 것은 동시에 잊는 것이다. 나는 넘어서야 할 국경이나 되돌아가야 할 세계 때문에 늘 조금씩 불안하고 우울하다. 그걸 감추기 위해 면세점을 두리번거릴 수도 있고, 그에게 쇼핑을 권유하기도 한다. 그는 내가 관심을 보이는 작고 조잡한 기념품에는 잘 관심을 갖지 않는다. 나는 그의 무관심에 약간 실망하지만, 그 조잡한 것들에 대한 과도한 관심을 들키고 싶지 않다. 공항에서 읽기 좋은 책은 우선 두껍지 않아야 하고 지나치게 무겁거나 관념적이지 않아야 한다. 이를테면 환승 공항에서 아니 에르노의 『부끄러움』을 펼쳤을 때, "6월 어느 일요일 정오가 지났을 무렵, 아버지는 어머니를 죽이려고 했다"라는 첫 문장을 읽는 순간, 나는 이미 기진맥진하게 된다. 결과적으로 이것은 실패한 독서이다. 외국의 환승 공항에서 돌아가신 부모를 떠올려야 하는 것은 곤혹스러운 일이다. 그가 앉아 있는 의자 뒤 거대한 통창으로 한 번도 타보지 못한 낯선 항공사의 육중한 비행기가 서서히 움직이는 것이 보인다. 그는 내가 읽지 못한 책의 독서에 열중하느라 창밖을 보지 않는다. 나는 책장을 향해 있는 그의 이마의 미세한 움직임을 훔쳐보면서 책의 분위기를 상상해보려는 터무니없는 시도를 한다. 은빛의 거대한 비행 기계의 날개 부분이 작은 점이 있는 그의 오른쪽 귀를 지나고 있을 때, 나는 이 공간이 우리의 것이라는 터무니없는 은유를 포기한다.

국경을 통과한다는 것은 사소한 현기증을 불러온다. 유럽의 국경은 마치 이웃 도시처럼 쉽게 넘어갈 수 있지만, 풍경의 질감이 확연히 다르다고 느낀다. 이를테면 수채화의 표면은 마법처럼 유화의 표면으로 바뀌어 있다. 검문소가 없는 국가의 경계선은 사실 추상적인 것인데, 국경을 넘었다는 관념은 기이한 방식으로 정신을 옭아맨다. 도시의 질감이 구체적이라면 국가라는 이미지는 관념적이다. 밤의 반짝이는 활주로의 명백한 아름다움에 비하면, 국가는 얼마나 추상적인가?

비행 중

존 치버의 소설 「메네, 메네, 데겔, 우바르신」에서 '나'는 대서양 한가운데서 엔진이 불타버린 오래된 DC-7기를 타고 있다. 비행기의 한쪽 엔진이 불타버렸으나 승무원들은 알려주지 않고, 대부분의 승객들은 잠이 들었거나 술에 취해 있다. 비행기 앞쪽 구역에서 엔진이 불타는 것을 본 사람은 한 어린 여자와 노인과 '나'뿐이다. 비행기의 급회전으로 승무원 구역의 문이 열렸을 때 승무원들만이 불타는 붉은 빛깔의 구명조끼를 입고 있는 것을 발견한다. 비행기가 결국 목적지인 아이들와일드 공항에 착륙한 것은 대서양을 가로질러 27시간을 여행한 뒤이다. 비행기는 그런 공간이다. 어떤 상황이 벌어지고 있는지 알지 못한 채 공중에 떠 있는 기묘한 시간.

중력을 거슬러 거대하고 무거운 기계 장치를 하늘로 들어 올리는 엔진의 힘은 두려운 것이다. 연인들의 불가사의한 열정이 그들을 중력 너머의 세계로 들어 올리는 듯한 황홀감과 불안감을 동시에 주는 것과 유사하다. 하지만 무한궤도를 날 수 있는 비행기는 없다. 비행기는 언젠가는 지상에 내려야 한다.

'발이 없는 새'와 같은 비행기를 상상할 수 있을까? 엔진이 정지한 상태에서도 비행기는 곧바로 추락하지 않고 활공 비행을 하는 것으로 알려져 있다. 먼 곳을 비행할 때, 식사 시간도 지나고 조명이 꺼진 고요한 시간, 문득 잠든 그의 옆에서 비행기가 엔진을 멈춘 채 활공 비행을 하는 것은 아닌가 하는 착각을 할 때가 있다.

이륙의 순간이 착륙의 순간보다 매력적인 것은 지상을 떠난다는 이미지 때문이다. 연인들의 비행기가 이륙할 때 지상에 남겨둔 것들과 작별한다. 이를테면 국적, 나이와 직업, 구차한 영수증들과 어지럽혀진 책상, 버리지 못한 옷들이 남아 있는 옷장과 미처 정리하지 못한 비밀스러운 서랍, 가족이 묻힌 좁은 땅과 밤이면 짖어대는 개의 세계를 완전히 떠난다. 연인들의 비행기가 공중에 떠 있다는 것은 그 순간은 지상의 어떤 영역도 점유하지 않고 있다는 것이다. 비행기가 날아가는 지점의 위도와 경도와 같은 숫자들은 추상적이고, 좌석 앞 모니터에 보이는 비행기의 항로와 출발지와 도착지의 시간은 비현실적이다.

기류 변화로 비행기가 흔들리기 시작하면 승무원들이 순식간에 사라진다. 고통스러워하는 거대한 짐승처럼 비행기는 무언가를 게워내기 위해 몸을 뒤튼다. 그럴 때마다 좌석의 팔걸이와 그의 조금 차가워진 손을 잡고, 이 비행기를 휘감고 있는 두려운 바람에 대해 생각하는 것이다. 그는 이런 상황에 지나치게 초연했기 때문에, 나는 내 불안감과 창백함을 감추기 위해 가장 무표정한 얼굴을 만들려고 애쓴다. 저 아래의 구름과 폭풍의 모습과 새들이 어떻게 추락하는가에 대해서도 잠깐 생각한다. 그리고 다시 비행기가 균형과 평온을 찾으면 새로운 세상이 시작된 것처럼 사람들의 작은 대화 소리가 들리기 시작한다. 갑자기 회복된 환자들처럼 승객들이 수런거릴 때, 나는 그가 이미 잠들어 있었다는 것을 그제야 알고 조금 당황한다.

이국의 거리에서

여행지에서는 스스로도 이해할 수 없는 일들이 일어나기 마련이다. 유디트 헤르만의 「아리 오스카르손에게 향한 사랑」에서 함께 밴드를 하는 '나'와 오언은 노르웨이에서 열리는 노르트리히트 페스티벌에 초대되어 트롬쇠라는 도시로 가게 된다. 당혹스럽게도 페스티벌은 취소되었고, 그럼에도 그들은 집으로 돌아가지 않고 주저앉는다. 우연히 낯선 파티에 갔다가 그들을 초대한 작은 키의 출판업자인 아리 오스카르손과 매력적인 그의 아내 시카를 만난다. 이유를 알 수 없이 취했던 그 밤 '나'는 아리 오스카르손과 키스하고 오언은 그의 아내와 키스를 하는 예기치 않은 사태가 벌어진다. 그 밤은 누구도 설명할 수 없는 밤이고 끝을 예상할 수도 없는 밤이다. 이 모든 일들의 발단은 그들 부부의 미묘한 분위기일 수도 있고, 여행지의 술 취한 밤의 분위기 때문일 수도 있다. 그들 부부와는 언어조차 정확하게 소통되지 않았지만 그것이 중요한 문제가 아닐 수도 있다. 그 밤은 서로에게 커다란 실수일 수도 있지만, 마치 다시 돌이킬 수 없는 값진 무언가가 있는 것처럼 느껴진다. 그런 밤 또한 흔적 없이 지나가고 또 다른 밤이 올 것이다. 그들이 다음 날 작은 섬에 이르러 믿을 수 없는 오로라를 보게 되는 것처럼.

여행이 매력적인 것은 모든 장소들이 거주할 수 없는 통과의 지점이기 때문이다. 시간은 익명의 휴일에 머물고 모든 장소의 세부는 새롭게 출현한다. 지금 도착한 곳은 다시 떠나기 위해 도착한 곳이다. 도착지는 출발지가 되고, 출발지는 기억과 망각의 대상이 된다. 다른 공간과의 접촉이 매력적인 것은 예기치 않은 순간을 대면하게 해주기 때문이다. 아무리 치밀하게 여행 계획을 세워도 예측 불가능한 장면을 만나게 된다. 낯선 도시에서 2~3일을 머물게 되면 구시가지와 신시가지의 위치와 전철역의 흐름과 주요 관광지의 위치에 대해 어렴풋이 알게 되고 선호하는 길과 장소가 생긴다. 한 도시에 대해 진기한 곳과 매력적인 곳, 실망을 자아내는 곳과 다시 오고 싶은 곳을 알게 되는 데 그리 긴 시간이 걸리지 않는다는 것이 놀랍다. 은색 리본으로 포장된 캐러멜 상자 안에 든 각기 다른 캐러멜의 맛을 순식간에 알아버린 것 같다. 이 도시를 누군가에게 안내할 수 있다는 터무니없는 자신감이 생길 즈음이면 이 도시를 떠나야 한다.

도시를 차로 이동하는 것과 걸어가는 것은 전혀 다른 경험이다. 몸을 움직여 이동할 때 상점과 카페와 아이들이 노는 소리와 신호등의 모양까지도 전혀 다른 감각으로 다가온다. 이국의 도시를 걷는다는 것은 미지의 세계를 탐사하는 것과 같은 경험이다. 길은 신체가 밀고 나가야만 열리는 것이 된다. 걸음의 속도는 도시의 보이지 않는 리듬에 올라타게 된다. 익숙한 도시 공간에서 사람들은 시간을 자주 확인하지만 나침판을 들고 좌표를 확인하지는 않는다. 처음 가는 약속 장소에 가기 위해 모바일 지도앱을 켜고 발걸음을 옮길 때, 자동차 내비게이션을 따라가는 것과는 다른 감각을 느낄 수 있다.

그와 함께 걸으면서 나는 이국의 도시의 바닥을 응시한다. 이를테면 거대한 성당과 왕궁의 아름다움보다 중세의 오래되고 단단한 돌들이 깔려 있는 거무스레한 바닥의 아름다움에 이끌린다. 도시마다 다른 모양의 돌들이 깔려 있는 것은 매력적이다. 건물이 유실된 경우에도 바닥은 긴 시간을 견디고 남아 있다. 바닥은 수많은 사람들의 발걸음이 축적된 시간 위에 누워 있다. 바닥은 벽이나 기둥이 공간을 나누기 이전의 공간이다. 바닥은 멀리서 보면 시각적으로 감각하기 어렵다. 그위에 몸이 서 있을 때 바닥은 그 촉각적인 질감을 드러낸다. 기둥과 지붕을 만들기 전의 최초의 공간.

현대의 나침판인 구글맵을 켜놓고 반 걸음 앞서가는 그를 따라간다. 어두운 곳에서 등불을 켜고 앞서가는 사람을 뒤따라가는 것과 같다. 직접 구글맵을 켜고 앞서가 보면 맵을 계속 보아야 하는 사람의 시야는 따라가는 사람의 시야보다 자유롭지 못하다는 것을 알게 된다. 맵에서 점으로 표시되는 자신의 위치와 실제 자신의 신체가 있는 위치를 수시로 확인하는 것은 기묘한 경험이다. 신체는 실제적인 물리적 위치에도 있고 맵에도 있다. 맵 위에 있는 '나'의 위치가 '내'가 아니라고 말할 수는 없다. 가끔 맵이 가리키는 위치의 목적지를 발견하지 못할 때가 있다. 맵 위의 '나'는 나의 신체적인 감각만큼 정교하지 않아서 목적지의 '근처'만을 가리킨다. 이를테면 건물의 지하나 2층이나 연이은 건물의 뒤편을 맵은 정확하게 가리키지 못한다.

영화에서 보았던 장면 때문에 찾아온 프로이센 시대의 황궁을 복원한 작은 박물관을 끝내 찾지 못한다. 검고 굵은 몸통을 가진 나무 그늘에 숨어 있던 벤치에 앉아 찾지 못한 장소에 대해 잠깐 생각한다. 그의 꿈꾸는 듯한 표정을 보았을 때 작고 가볍고 건조한 낙엽 하나가 어깨 위로 미끄러진다. 그의 얼굴은 방금 쓴 문장을 지워버린 빈자리 같다. 잠시 서로에게 용인될 만큼의 침묵을 나누어 가진다. 투명한 피로감과 가벼운 공허감은 적절한 평온을 가져다준다. 그의 조형력은 목적지를 찾는 것에만 발휘되는 것이 아니라 목적지를 변형하는 데도 발휘된다. 그곳에 닿지 못한 것에 대한 아쉬움보다 예기치 않은 곳에 도달했다는 작은 흥분이 있다. 목적지에 도달하지 못한다고 해도 여행이 무의미한 것은 아니다. 함께 길 위에 있다는 감각 자체가 가벼운 도취를 불러온다. 언젠가 반드시 삶의 목적지에 도달할 수 있다는 과장된 믿음은 여행자의 것이 아니다.

IV. 동굴에 관한 이론

흐르지 않는 강변에서

강물은 하나의 방향으로 흐르기 때문에 시간의 운행을 둘러싼 진부한 상징이 된다. 하지만 어떤 강물은 갇혀 있다는 느낌을 주기도 한다. 대도시의 가까운 곳에 강물을 가두는 댐이 있다는 것은 흥미로운 일이다. 댐의 주변이 넓기 때문에 어디에 주차를 해야 할지 알 수 없다. 내비게이션에 댐 이름만을 검색했을 때 그것이 인도한 것은 전혀 예기치 않은 숨겨진 장소이다. 사유지 농장과 환경연구소를 지나서 도착한 곳은 포장되지 않은 도로가 있는 강변이다. 강물과 낙차 없이 붙어 있는 흙길이 그곳에 숨어 있다. 자동차가 많이 덜컹거렸기 때문에 이 길의 끝까지는 갈 수 없다. 지나가는 차가 거의 없는 흙길에 차를 세우고 다른 행성에 내린 것처럼 강변 쪽으로 몇 걸음을 걸어간다. 수풀 사이로 강물이 일렁거리는 소리가 작게 들렸고 나무줄기들 사이로 갑자기 넓은 연꽃밭이 펼쳐진다. 연꽃은 아직 피지 않았지만 철새들이 그곳의 오랜 거주민인 것처럼 유유히 날아다닌다. 이 비밀스러운 광경은 다른 차원에 속해 있는 세계 같다.

잔물결이 일렁거리는 강물 위에는 죽은 나뭇가지와 쓰레기가 떠돌겠지만, 갇혀 있는 물살의 숨겨진 힘이 이 비밀스런 장소에 축적되고 있는 것처럼 보인다. 이런 흐르지 않는 강물이라면, 어느 따뜻한 봄날의 오후 오래전 죽은 사람을 조용히 수면으로 들어 올릴지도 모른다. 장마가 시작되면 저 물살은 스스로의 힘에 놀라게 될 것이다. 그의 어깨가 강변의 나무에 잠깐 걸쳐 있을 때 나무 그늘이 팔의 한쪽을 나누었다. 강변 쪽으로 걸어가던 그의 실루엣이 두 세계의 경계에 걸쳐 있다. 강변의 돌을 주워 가야겠다는 생각을 잠시 잊어버린다. 찰랑거리는 강물 소리가 잦아드는 곳에 우리가 나눈 침묵의 문턱이 있다. 그곳에서 강물은 바다의 미래를 향해 흘러가지 않으며 현재의 순간에만 속한다. 어떤 풍경들은 숨겨져 있다는 이유 하나만으로 비밀스러운 시간이 된다. 그리고 그와 나는 이 비밀스러운 강변을 조금만 더 걸어볼 것이다. 우리가 간신히 피해 간 절망과 미래의 연약함에 대해서는 아무 말도 하지 않을 것이다.

자전거를 타고 강변을 달리는 일은 혼자 하는 것이 어울린다. 자신의 몸을 태워 동력을 만드는 자전거는 고독한 주행이어야 할 것 같다. 자전거는 심플하고 정교한 사물이다. 자전거의 기계공학은 신체와 균형을 둘러싼 절묘한 조합의 결과물이다. 운전자의 신체적 능력에 따라 움직이는 기계는 연주자의 활이 줄에 닿아야 소리가 만들어지는 현악기와 같다. 자전거는 달리지 않으면 쓰러지지만, 남아 있는 운동 에너지로 페달을 밟지 않아도 달릴 때가 있다. 이 기이한 순간에는 엉뚱한 생각을 할 수 있다. 누군가와 함께 타고 있다는.

멀고 따뜻한 바다

로맹 가리의 「새들은 페루에 가서 죽다」에서 리마의 외딴 바닷가에는 새들이 다만 죽기 위해 먼 길을 날아와 좁은 모래사장 위에 떨어진다. 새들이 왜 여기까지 와서 죽어가는지 이유는 알 수 없다. 전쟁과 혁명의 시기를 지나 삶의 에너지를 소진하고 살아가는 중년의 남자가 그 바다의 혼자만의 테라스에 서 있다. 남자는 지나온 모든 시간과 관계를 뒤로하고 새들의 무덤인 해안가에 은둔해 있다. 갑자기 바다에 뛰어든 젊은 여자를 우연히 구하게 된 것은 이 고독한 해안에서 벌어질 수 있는 극적인 사건이다. 삶에 대한 체념에 물들어 있는 남자에게 이 젊은 여자와의 짧은 관계는 무구한 행복의 가능성을 다시 떠올리게 한다. 희망의 유혹이 다시 시작되려 할 때 그녀의 남편이 그녀를 데리러 온다. 새들이 죽기 위해 찾아오는 바닷가는 모든 것을 소진한 남자의 고독한 은신처이면서, 뿌리칠 수 없는 미묘한 행복의 가능성이자 또 다른 실패의 장소이다.

지구의 땅덩어리 중 해수면 위로 솟아 있는 곳은 지구 전체의 29퍼센트에 불과하다. 대부분의 땅은 바다에 잠겨 있다. 잠수부들이 산호초 사이에서 발견한 바닷속의 특별한 공간은 모든 장소를 뛰어넘는 진정한 장소일지도 모른다. 잠수부들은 누구의 소유도 될 수 없는 지구의 가장 내밀한 장소와 조우한다. 잠수부들이 더 깊고 아득한 심해로 내려가는 것은 불가능하다. 해안선이 세계의 끝이라는 이미지는 착시일 뿐이다. 세계의 끝은 심해로 이어져 있다. 하지만 새들이 한꺼번에 날아와 죽는 바닷가라면 그런 착각은 더욱 강렬할 것이다.

해변을 완전하게 차지하기 위해서는 2월에 찾는 것이 적절할 것이다. 두 사람의 그림자가 모래사장 위에 길게 늘어진 것을 볼 수 있고, 그가 해변을 가볍게 거니는 것을 아무런 비애 없이 바라볼 수 있다. 서해의 바다라면 바닷물이 조금 전 밀려 나간 자리에 잔물결의 굴곡이 그대로 남아 있는 모래를 걸을 수 있다. 서해가 매력적인 것은 검은 뻘을 갖고 있기 때문이 아니라, 밀물이 언제 들어오는지를 상상하게 만들기 때문이다. 물때의 차이에 따라 해안선은 전혀 다른 얼굴로 나타난다. 군데군데 페인트가 벗겨진 바닥을 드러낸 겨울의 야외 수영장과 한여름의 사람들이 가득 찬 수영장의 차이처럼. 미세한 온기가 묻어 있는 산들바람이 불어온다면, 그의 검은 코트 자락이 바람에 잠깐 들어 올려지고, 그사이 햇살이 통과하는 순간을 만날 수 있다.

지중해에 대한 동경은 '지중해'라는 어감 자체 때문이다. 그곳은 가장 멀고 따뜻한 바다를 의미한다. 파도는 생각보다 잔잔했고 수면은 쉬지 않고 반짝인다. 멀리 파도 너머에 하얗게 치솟는 물고기 떼가 있을 것이다. 여러 국적의 사람들이 모여 있고 수영을 하는 사람보다 해변에서 햇빛의 여유를 즐기는 사람들이 더 많다. 엎드려서 책을 읽거나 주위의 시선을 의식하지 않고 담배를 피우는 여자들, 해변의 수도 시설에서 수영복조차 벗은 채 몸을 씻는 남자들, 모든 것이 완벽한 자유를 누리는 장소처럼 보인다. 수평선 너머에서 시작되는 빛은 무엇이나 다 가능할 것 같은 오후를 비춘다. 이곳에서 풍경은 우리 자신의 이미지가 될지도 모른다. 이 해변에서 점유할 수 있는 공간은 비치 타월 두 장 정도를 깔 수 있는 면적에 불과하다. 검은 줄무늬가 있는 그의 수영복 가장자리의 물기가 햇빛에 조금씩 말라가고, 그의 꼼지락거리는 발가락에 묻은 모래들이 앙증맞은 무늬처럼 보인다. 하늘 저편에 하얀 줄무늬가 보이고 해가 저물어감에 따라 그늘이 조금씩 움직인다. 아이처럼 한쪽 손가락으로 얼마 남지 않은 구름 한쪽을 건드려 보려 애쓴다. 지금 여기에서는 지구의 자전을 분명하게 의식할 수 있다. 여기라면 태양 아래 아무리 무방비로 있어도 햇빛은 다만 부드럽게 몸을 감쌀 뿐 몸을 녹이지 못할 것이다. 완벽한 햇빛과 구름은 기록될 수 없다. 그늘이 다시 움직였기 때문에 비치 타월 두 장의 공간은 더 이상 우리 것이 아니다.

파도가 해변을 조금씩 침범하는 것처럼 햇빛이 그늘을 잡아
먹는다. 두 장의 1인용 비치 타월로 만들어진 마법적인 마술
양탄자의 공간은 오래 허락되지 않는다.

얼굴 없는 돌 아래서

돌은 견고하고 변함없는 물질성을 갖는 것처럼 보이지만, 부서지거나 훼손된 돌은 파괴와 죽음을 강렬하게 연상시킨다. 고대 도시에 남은 유적들은 대개 돌로 이루어져 있다. 목조 유적이 몇 천 년을 버틴다는 것은 불가능하기 때문이다. 돌은 영원성에 관계되는 것처럼 보이지만, 훼손된 돌의 이미지는 영원이 얼마나 약한 관념인지를 보여준다.

바다에서 손으로 감쌀 수 있는 모서리가 부드러운 돌 하나씩을 가져다 책을 누르는 문진으로 사용하거나 화분의 에그스톤으로 올려놓는 습관은 오래되었다. 돌에 표시를 하지 않아서 그 돌이 어디서 왔는지를 정확하게 기억해내지 못한다. 돌에 표시를 한다는 것이 무의미하게 느껴진다. 돌이 손 안에 들어올 때의 차갑고 단단한 질감은 그 공간의 일부를 끌고 온 듯한 허영심을 채워준다. 비슷한 모양은 많지만 절대로 똑같을 수는 없는 돌들의 익명적인 고유함은 돌이 가진 아름다움의 모든 것이다.

어린 시절부터 여러 번 다녀왔던 고도에 다시 가보고 싶었던 것은 목이 잘린 불상 때문이다. 문화재가 널려 있는 그 산의 불상 중에는 목이 잘린 것들이 있다. 불교에 대한 탄압 때문에 고의로 불상의 목을 자른 것인지, 자연재해로 목이 잘려 나간 것인지 분명하지 않지만, 불두가 잘린 부분은 예리한 느낌을 준다. 부처님의 얼굴이 없다는 것은 결핍과 박해의 이미지를 떠올리게 하지만, 한편으로 다른 얼굴을 상상하게 만든다. 얼굴이 떨어져 나가는 순간에도 불상의 엷은 미소는 그대로였을 것이다. 저 불상은 이제 얼굴의 유령을 받들고 앉아 있다. 얼굴 없는 것이 아름답다고 할 수는 없지만, 얼굴을 가진 것들이 갖지 못한 낯선 기운이 잘린 목의 경계에서 새어 나온다. 그는 얼굴 없는 불상을 카메라에 담기 위해 카메라를 고정할 땅을 찾는다. 불상 주변의 땅이 평평하지 않았기 때문에 삼각대를 세우기 위해 그는 불상 주위를 계속 돌아다닌다. 그가 불상을 돌면서 무언가를 빌고 있다는 착각이 든다. 불상은 산길의 바로 옆에 위치해서 산길을 지키는 것처럼 보이기도 한다. 만약 어두운 밤에 산을 오르다 목이 잘린 불상을 보았다면 두렵고 불길했을 것이다. 목이 잘린 불상이 어둠 속에 앉아 있다면 밤공기를 응고시킬 것 같다. 불상을 세운 시대와 불상의 머리를 잘라버린 시대는 다를 것이다. 가장 숭고한 것이 가장 혐오스러운 것이 되는 세월이 있다. 우리들의 이야기는 돌에 새길 수 없을 것이다.

산이라는 섬

애니 프루의 소설 「브로크백 마운틴」의 제목이 가리키는 장소는 스무 살이 채 되지 않은 두 카우보이 남자가 여름철 양 떼의 방목지를 관리하는 일을 하게 되는 곳이다. 산림청 소유 부지 수목한계선 위쪽에 위치한 이 장소는 양 떼를 노리는 코요테가 출몰하는 삭막하고 고요한 곳이다. 전혀 예측하지 못한 격정에 휩싸인 그들이 마치 자연의 일부처럼 서로의 몸을 갈망하던 시간과, 가만히 뒤에서 끌어안아 주던 포옹은 절대적인 기억이 된다. 많은 시간이 지난 후에도 브로크백 마운틴에 모든 것이 멈춰 있으며, 그곳이 그들의 전부라는 것만은 알고 있다. 그들이 온전히 두 사람만의 시간을 가질 수 있는 곳은 양 떼와 코요테가 있는 그곳밖에 없다. 함께 살 수 있다는 희망은 거칠고 덧없는 것이고 같이 있는 시간이 넉넉했던 적은 한 번도 없었다. 그들이 잠깐이라도 함께할 수 있는 곳은, 이름 모를 고원의 얼어붙은 호수 근처이거나 낡은 카펫과 안장 가죽 냄새, 싸구려 비누 향이 진동하는 모텔 방일 수밖에 없다. 브로크백 마운틴에 자신의 재를 뿌려달라던 부탁은 단 한 사람 이외에는 누구도 이해하지 못하며, 유언은 실현되지 못한다.

메도루마 슌의 「바람 소리」에는 자살 공격을 위한 특별공격대에 편입되어 사지로 내몰리게 된 두 젊은 일본군 병사가 등장한다. 내일이면 두 사람 모두 천황의 이름으로 죽을 것이었기 때문에 산에 올라 절벽 위에서 마지막이 될 담배를 피운다. 두 병사 사이에서 형언할 수 없는 미묘한 순간이 느껴지고 귀에 부드러운 손이 닿는다. 그때, 갑자기 한 병사가 전우를 캄캄한 절벽으로 밀어 던진다. 절벽으로 던져진 병사는 소나무 가지에 걸렸다가 다시 떨어져 다리가 부러진다. 이름 붙일 수도 없고 확인할 수도 없는 감정을 교류한 두 병사에게 허락된 단 하룻밤은 짧았다. 죽음을 앞두고 부디 살아남기를 바라는 한 사람이 할 수 있는 일은 그를 절벽 아래로 밀어넣음으로써 무의미하고 광기 어린 희생에서 구제하는 것이었다. 그들에게 산은 그들이 함께 있음을 확인하는 최후의 장소였고, 지극한 사랑의 행위는 그 사람을 캄캄한 절벽 아래로 던지는 일이다.

도심 한복판에 산이 있다는 것은 기이한 느낌을 준다. 그 산의 중턱 쓰러진 나뭇가지들을 밟고 올라가면 쏟아지는 햇빛이 얼굴을 가리게 했고, 잠깐의 고요함을 깨뜨리는 등산객들의 소란스러움이 들려온다. 자신의 그림자가 산 그림자 안으로 스며들 때까지 걷고 싶은 때도 있다. 봉우리의 마지막 코스는 돌로 뒤덮여 있다. 사람이 올라갈 수 없을 것 같은 곳에 고대의 비석이 있었다는 것은 놀라운 일이다. 이 거대한 돌 위에 사람들이 올라가 있다. 간신히 봉우리에 올라섰을 때 정 상에 올랐다는 쾌감보다 기이한 고립감이 밀려온다. 다시 산 을 내려가지 못할 것 같은 터무니없는 두려움이 약간의 현기 증을 불러온다. 노란색 아웃도어를 입은 그는 그곳에서 중력 을 덜 받는 사람처럼 가벼웠다. 바람이 세차게 불고 있었으므 로 그의 등산복이 순간적으로 날아가버릴 것 같은 착각에 빠 진다. 내가 느끼는 두려움을 들키고 싶지 않았지만, 두려움을 감추는 데 결국 실패했다는 것을 깨닫는 순간, 간신히 내 발 이 흙에 닿았다는 것을 알게 된다.

산에 오르는 일이 종교적인 경험으로 느껴지는 것은 그곳 에 영적인 세계가 있다고 믿기 때문이다. 산은 신이 거주하 는 곳으로 생각되어왔다. 오후의 조각구름 사이로 새털 같은 햇살이 삐져나와 있고, 여름날 계곡물이 만든 작은 웅덩이에 두 사람만 발을 담글 때, 그곳은 그들에게만 허락된 자연과 같다. 문득 어스름이 내리면 산의 정상에서는 악령 같은 기 운이 사람을 짓누르기도 하고 바람은 짐승처럼 윙윙거린다. 자연의 두려운 원시성이 남아 있기 때문에 산은 은밀한 미지 의 영역이 된다. 산은 시간을 지키지 않으면 가차 없는 응징 이 따르는 두려움의 대상이 되기도 한다. 도심 안에 있는 산의 경우 산은 하나의 섬처럼 고립되어 있다. 연인들이 산에 들어간다는 것은 언제 배가 끊길지도 모르는 섬에 숨어드는 것과 같다.

이 도시의 어디에서나 보이는 타워가 있는 산은 거대한 공원처럼 보였다. 데이트를 즐기려는 연인들은 자동차를 주차하고 조금 걸어 올라가거나 케이블카를 탈 것이다. 장마 중이었고 폭풍주의보가 있었다. 바람은 벌써 윙윙거리는 소리를 내며 창문을 흔들었다. 바람이 조금 잦아졌다고 생각할 무렵 위험을 무릅써야 할 아무런 이유도 없이 즉흥적으로 그곳을 방문한다. 입구 쪽의 공원은 거센 비가 휩쓸고 간 뒤 풀밭과 나무에서 피어오르는 비린내로 가득하다. 곤충이나 작은 산짐승들은 어디로 사라졌는지 전혀 보이지 않는다. 산책하는 사람들도 없었고 비는 조금 잦아든다. 가파른 산책로의 입구를 조금 걸어 들어갔을 때 폭풍에 쓰러진 나무들이 보이기 시작한다. 호기심과 약간의 불안감을 질료로 더 위쪽으로 들어가자 쓰러진 나무가 길을 가로막고 있는 것이 눈에 들어온다. 쓰러진 나무의 잎들이 아직 싱싱했기 때문에 이번 폭풍으로 꺾인 것으로 짐작할 수 있다. 큰 나무가 산책로를 직각으로 가로질러 쓰러질 확률이 많지 않음을 고려하면, 산책로의 관리자가 출입을 통제하기 위해 쓰러진 나무를 걸쳐놓았을 가능성이 높다. 나무와 절벽 사이로 난 틈으로 그곳을 통과하는 것은 아주 불가능한 일은 아니다. 약간의 망설임 끝에 약속한 것처럼 쓰러진 나무를 넘어 더 깊은 곳으로 진입했을 때, 그 행위에 무거운 의미를 부여하지 않는다. 한 걸음 앞서간 그의 반듯한 등에는 어떤 내면적 동요도 없는 단호함이 느껴진다. 아무 목적도 없이 그 나무를 함께 넘어서는 것은 자연스러운 일이다. 우리는 금지된 무언가를 저지르고 미래의 처벌을 기다리는 아이들이다. 비바람이 다시 거세지기 시작한다. 저 위에서는 꺾인 나무들의 비명과 두터운 어둠이 있을 것이다. 폭풍이 방금 지나간 자리에 쓰러진 나무를 넘어선 기억은 어디에도 편입되지 못한다.

당산나무가 있는 숲

마루야마 겐지의 『달에 울다』에서 사과밭을 일구는 농부는 일생을 마을을 떠나본 적이 없다. 마을 사람들에 의해 아버지가 죽임을 당하고 따돌림을 당하는 야에코를 소년은 사랑한다. 그 사랑은 단 한 번의 필생의 사랑이다. 야에코의 사과들은 더 맛있게 느껴지고 야에코의 몸에서도 사과 꽃 향이 난다. 야에코는 마을에서 금지된 인물이기 때문에 가시철망을 넘어 여름풀 속에서 그녀를 만나는 것은 부모에게도 말할 수 없는 비밀스러운 일이다. 몇 년간의 그들의 금지된 사랑이 끝나고 그녀가 결국 마을을 떠난다. 남자는 황폐해진 그녀의 집 툇마루에 앉아 아무도 돌보지 않는 그녀의 사과나무를 따 먹는다. 사과나무 숲은 그들의 삶의 터전이고 생명력의 기원이며, 강렬한 정념의 시간을 기억하는 모든 것이다. 아주 오랜 세월 뒤에 눈이 쏟아진 날 늙어버린 그녀가 맨발로 다시 돌아왔을 때, 남자는 만개한 사과나무들의 환영을 본다.

우거진 숲은 시야를 가두지만 몸의 감각을 사방으로 열게 한다. 시야를 방해하는 나무와 풀 들 때문에 그 공간에서 움직이는 매 순간 다른 감각이 찾아온다. 시선은 나무줄기 초록빛 사이에서 흩어져버린다. 숲에서 굽어보는 일은 불가능하고 시력은 겸손함을 배운다. 숲은 그 외부 안에 무수한 내부를 만들어낸다. 숲에 포위되었다는 느낌은 미지의 공포감을 줄 수도 있지만, 내 몸을 에워싼 내밀한 내부들이 이어진다. 시선은 갇혀 있지만 몸과 걸음은 미지의 공간들 안에서 더 자유로워진다. 숲속에서는 나무와 수풀과 실개천 사이에 어떤 경계도 만들어지지 않는다. 숲에서 길을 잃는 것은 시선의 지배가 없는 다른 세계에서 몸을 여는 경험이다.

탄생 설화가 있는 그 숲에 여러 번 가본 적이 있다. 닭이 우는 소리가 들리고 나무에 걸린 금궤에서 아이가 태어났다는 탄생 설화가 있는 그곳은 매번 조금씩 다른 감각을 느끼게 한다. 고목들의 특유의 휘어짐이 시야를 가로막는다. 몇 백 년을 살아낸 고목들의 기묘하게 굽고 뒤틀린 수형과 주름진 수피와 옹이 들을 보고 있으면, 이 신화적인 공간을 만든 것은 이야기가 아니라 하늘을 덮고 있는 이 검은 나무들이라고 생각하게 된다. 썩은 몸통을 수술하고 인공 수피를 채운 죽어가는 나무들과 결국 수명을 다한 고목들도 있다. 그 고목들 사이로 멀리 거대하고 오래된 무덤들이 보인다. 그와 흐린 날 그 숲에 갔을 때 고목들은 옅은 안개 속에서 등장하고 사라진다. 흐린 시야 사이로 길을 더듬다가 고목들의 오래된 고독과 침묵이 순식간에 눈앞에 들이닥친다.

그의 시골집 근처에는 신령스러운 당집이 있다. 국립공원 주
변 마을의 당집은 1년에 두 번 성황신에게 제사를 지내는 시
기에만 개방했다. 당집은 원시림에 둘러싸인 신비하고 깊은
숲속에 숨어 있다. 평소에는 당집으로 들어가는 문은 닫혀 있
고 나지막한 갈색 나무로 된 울타리가 있다. 정문이 닫혀 있
어서 그가 먼저 울타리를 넘었고 나는 엉거주춤 따라 넘는다.
여름날임에도 불구하고 원시림이 거대한 그늘을 드리워 차
고 서늘한 기운이 가득하다. 거대한 나무 아래에는 이름을 알
수 없는 버섯들이 자라나 있고 작은 실개천이 흐르는 소리와
새들의 소리가 청량하게 들린다. 작은 길이 나 있지만 길이
어디로 이어지는지 알 수 없기 때문에 걸음걸이는 땅의 리듬
과 지형에 순응해야 한다. 땅의 축축한 곳과 팬 곳과 돌이 튀
어나온 곳을 몸으로 느낄 수 있다. 나무 기둥들이 하얗게 바
래 있는 서낭당이 눈앞에 나타났을 때, 다른 시간대의 세계
에 들어온 듯하다. 도시의 번잡한 시간들은 이 깊은 숲에서
흩어져버리는 햇빛의 작은 입자에 불과할 것이다. 서낭당 앞
에는 출입을 금하는 금줄이 두 개의 거대한 나무 사이에 매여
있다. 서낭당 오른쪽에 서 있는 전나무는 서낭제를 지내던 당
산나무이고, 왼쪽의 엄나무 역시 수령이 수백 년은 넘어 보인
다. 번개를 맞은 적이 있는 또 다른 검은 나무는 더 압도적인

기운을 뿜어낸다. 갑자기 새들의 지저귐이 어떤 계시처럼 멈춘다. 나는 시야를 뒤덮은 압도적인 초록과 그 초록의 그늘에 이끌려 더 깊이 들어가려 한다. 그가 나를 붙잡은 것은 이곳이 금지된 곳이라는 경계심 때문이다. 저승으로부터 에우리디케를 데리고 나오는 오르페우스라도 된 것처럼 그는 앞장서서 그곳을 빠져나온다. 하지만 에우리디케가 정말로 그곳을 벗어나고 싶어 했는지는 알 수 없다. 그의 바지 자락이 풀을 스치는 소리가 더 크게 들린다. 뭔가 쫓기는 것처럼 당집 입구로 되돌아왔을 때, 입구의 울타리 한쪽 문이 열려 있다는 것을 그제야 발견한다. 상상된 금지는 생각보다 강한 힘을 가졌다.

사막처럼

아베 코보의 『모래의 여자』에서 곤충 채집을 위해 사구로 여행을 떠난 남자 교사는 그곳에서 예기치 않게 고립된다. 사구의 모래 구덩이 속에서 모래에 복종하며 자유를 반납하고 살아가는 사람들에게 붙들려 자신이 떠나온 세계로 돌아가지 못한다. 모래 구덩이를 닮은 여자의 끈질긴 생명력에 남자는 점점 얽매인다. 몇 번의 탈출 시도가 실패하고 여자도 병원으로 실려 가는 사태가 벌어졌지만, 남자는 결국 탈출을 유예하고 자신의 실종을 받아들인다. 사구는 끊임없이 모래를 퍼내어도 헤어나올 수 없는 거대한 구덩이이며, 불가항력적인 인간 존재의 상황에 대한 은유이기도 하다. 남자는 일상의 탈출을 위해 사구로 왔지만 사구에서는 다시 그곳을 탈출하고 싶어 한다. 탈출이 곧 다른 족쇄가 되는 모순의 상황 속에서 사구에 순응하며 살아가는 사람들에게서 남자는 다른 삶의 가능성을 만난다. 유수 장치를 연구하면서 모래 전체가 물을 끌어올리는 펌프일 수도 있다는 깨달음과 함께 자기 자신의 잠재성을 새롭게 발굴한다. 구덩이 속에 있지만 마치 탑 위에 올라가 있는 듯한 느낌, 구덩이 속에 있으면서 구덩이 밖에 있다는 생각에 이른다. 사구는 지속되는 패배를 통해서만 열리는 곳이다.

사막은 초록의 잠재력이 완전한 고갈된 소진의 장소이다. 사막의 간결함은 몇 개의 획으로 풍경을 그릴 수 있게 한다. 어떤 풍요로움도 지워버린 세계는 오히려 순수한 욕망을 떠올리게 하며, 영혼의 구제를 위해 완전히 육체를 소진해야 하는 곳처럼 보이는 것이다. 고대의 모래 속으로 사라져버린 군대가 있다는 이야기는 권력이 아무런 영향을 미치지 못하는 사막의 악마적인 특성을 말해준다. 끝없는 사막이란 지형도 자체가 의미가 없는 곳이다. 어떤 사람들은 문명도 권력도 아무런 소용이 없는 사막에서만 신을 만날 수 있다고 생각했을 것이다. 사막의 무심한 광막함은 인간이 이룬 모든 것을 헛된 소란처럼 집어삼킨다.

이 나라에 사구가 있다는 것을 상상하기 어렵지만, 서쪽 해안가에 있는 작은 규모의 사구를 찾아내는 것은 어렵지 않았다. 그 사구는 서해 바닷가의 언덕에 위치한다. 완전한 사막이라는 느낌보다는 군데군데 풀들이 솟아 있는 완만한 모래 언덕이다. 모래가 계속 무너져 내려서 모래를 보호하기 위해 사구 주위에 울타리가 쳐 있고, 입구에는 다리와 출입구를 설치해 놓았다. 그가 사구 언덕 쪽으로 계속 걸어갔고 나는 카메라를 들고 따라가다가 거리가 멀어진다. 그가 두려움과 망설임을 잊어버린 사람처럼 거침없이 사구 안쪽으로 들어간다. 그가 어느새 점점 작아졌기 때문에 유사流沙에 빨려 들어가는 것처럼 보인다. 거친 파도 속으로 뛰어드는 다이버처럼 모래의 바다에서 익사하려는 것 같다. 나의 조바심이 불안으로 변하려는 시점에 유사에서 빠져나온 것처럼 그의 머리가 다시 보이기 시작한다. 모래바람에 그의 머리카락 한쪽이 얇은 리본처럼 날린다. 작별을 고하는 작은 손가락 같다. 그는 내가 모르는 난폭한 비밀을 숨긴 채 그 비밀의 근원으로 돌아가려 한다. 나는 지금 여기의 시간에 붙들려 있고 그는 고대의 시간 속으로 움직인다. 모래의 심연 속에서 호흡하는 방식을 배워야 할 것이다. 시간을 멈추고 나를 영원히 숨기는 것이 이곳에서는 가능할지도 모른다. 한 모래 구덩이 속에서, 나는 작은 기적을 기다리는 사람처럼 그가 넘어가려는 또 하나의 모래 언덕을 올려다본다.

동굴에 관한 이론

마이클 온다치의『잉글리시 페이션트』에서 주인공 알마시가 비행기 사고로 중상을 입은 연인을 안고 다다른 장소는 리비아 사막 한가운데의 동굴이다. 알마시는 지도를 만들기 위해 이집트와 리비아의 사막을 유목하는 헝가리 출신의 남자이다. 비행기 사고는 알마시와의 사랑을 눈치채고 절망에 눈이 먼, 연인의 남편이 저지른 것이다. 그 동굴에서 고대인들이 그린 헤엄치는 사람들의 암벽화를 발견한 것도 알마시였다. 알마시는 낙하산 천으로 연인을 감싸서 동굴로 데려간다. 길프 케비르의 동굴은 그들 사랑의 최후의 장소일 수밖에 없다. 그는 이미 몸이 부서진 그녀의 천성적인 우아함을 잃어버리고 싶지 않아서 동굴 벽화의 안료를 훔쳐 그녀의 몸에 발라주려 시도하고, 그녀를 안내하고 보호하는 자칼이라는 사막의 동물이 되려 한다. 하지만 그녀를 구하기 위해서는 구조를 요청하기 위해 떠나야만 했다. 춥고 어두운 동굴에 향초와 돌과 아카시아의 재와 그가 몸에 지니고 다니는 헤로도토스의 책을 연인 곁에 남겨두고 나온다. 바깥은 전쟁 중이고 어느 편에도 편입될 수 없는 알마시의 불분명한 출신 성분은 그녀를 구하려는 필사적인 노력을 좌절시킨다. 너무 늦게 동굴로 돌아온 그는 이미 세상을 떠난 연인을 데리고 지도에 없는 땅, '바람의 궁전'으로 날아간다.

무한하게 이어지는 완전한 어둠의 세계는 동굴에만 있다. 동굴의 밤은 아득한 시간을 통해 생성된다. 동굴의 시간적 차원을 말한다는 것은 무용한 일이다. 동굴의 밤은 지구에서 가장 완벽한 광물학적 어둠이다. 동굴에 사는 생명들은 그 수백만 년의 밤 속에서 시력이 퇴화한 경우가 많다. 이를테면 속이 비칠 정도의 투명한 빛을 띠는 동굴어는 시력이 없는 눈먼 어류이다. 동굴어들은 무리를 짓지 않고 독거 생활을 하며 잠을 자지 않고 특정한 진동에 이끌린다. 동굴이 인류 최초의 방이자 집이었다는 것은 당연하다. 동굴은 안쪽과 바깥의 경계가 있지만, 그것은 자연이 만들어낸 임의적인 공간이며 무정형의 암벽 덩어리 사이의 광물적인 빈 공간에 불과하다. 동굴의 정확한 구조는 기하학적인 직선들로 설명될 수 없다. 암벽의 굴곡은 예측 불가능하여 안쪽의 공간을 가늠할 수 없다. 동굴의 입구는 사람이 출입할 수 있다는 이유만으로 입구로 호명되며, 그 입구는 창문이 존재할 수 없는 동굴의 유일한 외부 세계와의 소통의 경계이다. 인류 최초의 예술품들이 동굴에 있다는 것은 필연적이다. 동굴 벽화는 문자와 예술이라는 개념 이전의 미학적 행위가 그곳에서 시작되었음을 보여준다.

동굴은 문명 세계에 어떤 안식처도 보장되어 있지 않을 때 찾아오는 지질학적인 막장이다. 사람들이 동굴로 몸을 숨긴다는 것은 사회적·제도적 삶에서 더 이상 피신할 곳이 없음을 의미한다. '동굴 이후'에는 어떤 장소도 없을 것이며, 동굴에 숨어 있는 사람은 이곳이 마지막이라는 것을 이미 알고 있다. 폭력과 학살이 난무하던 시대에 아직 살아남아 있는 사람들에게 동굴은 생존을 위한 마지막 피신처였다.

그와 함께 그 동굴을 찾아가게 된 것은 촬영 때문이었다. 관광지로 개발되지 않았고 사람이 출입할 수 있는 동굴을 찾아내는 것은 쉬운 일이 아니었다. 관광지로 개발된 동굴은 동굴로서의 은밀함과 음습함을 모두 잃어버린 곳, 강제로 그 내부가 발가벗겨진 곳이다. 동굴 내부에 조명을 설치하고 길을 만들어 관광지로 만든다는 것은 동굴에 가하는 문명의 무모한 폭력이다. 수백만 년 된 동굴의 완전한 밤을 빼앗는 것은 무의미한 일이다. 수많은 동굴들을 검색하다가 알게 된 곳은 비교적 은밀한 곳에 위치해서 사람들이 거의 찾지 않는 선사 시대의 유적지였다.

동굴 앞에는 강이 있고 빨간색의 철제 다리로 차들이 오가고 강 너머에는 아파트 단지가 서 있다. 주민들이 작물을 심어서

밭을 만든 그런 숨겨진 곳에 갑자기 동굴의 입구가 나온다는 것은 놀라운 일이다. 햇볕 아래 잠깐 서 있기도 힘든 폭염의 날 그곳을 찾았다. 동굴 안으로 몇 발짝 들어서자 믿기지 않는 서늘한 냉기가 피부에 닿는다. 입구는 암석의 주름들과 그 틈에 숨어 있는 녹색 식물들로 신비한 느낌을 자아낸다. 바위에서 떨어지는 물소리와 안으로 들어갈수록 짙어지는 어둠 때문에 세계와 완전히 단절된 공간이 펼쳐진다. 겹겹이 쌓인 돌들의 단층은 이곳이 태고에 형성된 장소임을 보여준다. 우리는 동굴의 광물학적 물질성에 완전히 매료된다. 아무런 조명이 없어서 플래시를 켜도 동굴 안쪽의 전모가 보이지 않아 한 걸음 옮기기가 쉽지 않다. 피부에 와닿는 날카로운 습기와 냉기, 깊이를 알 수 없는 먹먹한 어둠이 불가해한 짐승처럼 웅크리고 있다. 그는 동굴의 벽면과 천장으로 이어지는 광물의 매력적인 굴곡과, 석회수가 흘러내려 팬 듯한 동굴 바닥의 작은 물길을 카메라에 담으려 한다. 동굴의 가장 안쪽은 완벽한 어둠의 공간이고 입구 쪽으로 돌아가면 세피아톤의 벽면이 그제야 조금씩 보인다. 그는 이 동굴을 처음 발견한 사람처럼 동굴의 모든 것을 기록하고 싶어 한다. 하지만 우리에게는 동굴 안쪽으로 더 들어갈 수 있는 아무런 장비가 없다는 것을 알고 있다. 조금만 더 들어가면 선사 시대의 밤이 우리를 집어삼킬 것이다. 카메라 장비를 점검하기 위해 동굴 입구 쪽으로 되돌아왔을 때 바깥 세계의 초록빛이 갑자기 쏟아진다. 지질학적 밤 바깥에는 날카로운 금속성의 햇살이 내리쬐고 있다. 그와 나는 그 경계에서 잠시 아연해진다.

연인들의 공터

가난한 연인들은 공터에서 서성일 것이다. 땅 주인의 게으름 때문에 방치된 공터가 있다면, 그 공터는 갈 곳도 점유할 곳도 없는 이들의 이름 없는 장소가 된다. 공터는 버려지고 방치되어야만 만들어지는 역설적인 공간이다. 공터는 건물로 채워진 공간도 아니고 영원한 폐허도 아니며 임시적인 결여로서의 공간이다. 공터는 멋진 건물이 들어설 수 있고 아름다운 공원이 될 수 있고 지속적인 폐허가 될 수 있다. 공터는 아무 이름도 형태도 갖지 않는 무형의 땅이다. 공터가 연인들의 장소가 될 수 있는 것은 그것이 아직 확정되지 않은 장소, 시작되지 않은 장소이기 때문이다. 공터는 모든 사랑의 시간을 받아들이는 미지의 공간이 될 수 있다. 공터의 잠재성은 사랑이라는 사건의 잠재성이기도 하다. 공터가 사라지고 있다는 것은 정체성을 규정할 수 없는 잠재적인 공간들이 없어진다는 것이다. 매끈한 건물들로 공터가 채워진다는 것은 역설적으로 공터의 파괴이다. 연인들이 잠깐 머물 수 있는 지상의 공터는 얼마나 남아 있을까?

그와 재개발을 앞둔 거리를 걷는다. 이 거리를 여러 번 와본

적이 있다. 이곳은 이슬람 사원이 있는 언덕길이라는 지형적 약점과 특유의 문화적 이질성 때문에 이 도시에서 가장 독특한 거리였다. 이슬람 사원 때문에 생긴 이슬람 상점들이 있고 중동에서 온 이주 노동자들도 모여들었다. 이국적인 향신료 냄새가 나는 거리에는 이슬람 옷과 히잡 장신구를 파는 가게와 아랍 식품점과 쿠란을 파는 서점이 있었다. 그 아래 골목에는 아프리카에서 온 외국인을 위한 생필품 가게와 미용실과 트렌스젠더 바가 있었다. 한국 전쟁 시기에 정착한 피난민들이 이 언덕의 토박이이고, 이곳이 결국 재개발 구역으로 지정되면서 임대료가 싸져 젊은 예술가들을 불러들였다. 이 거리는 한국 전쟁 시기에 정착한 노인들과 가난한 젊은 예술가들과 무슬림들이 공존하는, 난민들의 보이지 않는 공동체였다. 이 거리는 국가와 인종 등의 정체성에 묶여 있지 않는, 떠나온 사람들의 거주지였다. 국가와 제도 바깥에서 삶을 선택한 사람들은 난민의 시간을 살고 있다. 언덕 아래의 질서에 편입되지 않은 젊은 예술가들과, 세상의 경계에서 사랑을 찾아낸 연인들은 이미 난민이다.

그와 함께 다시 찾은 이 거리는 예전의 활기를 전혀 찾아볼 수 없다. 초겨울 주말 오후의 거리는 마치 사람들이 사라진 것처럼 스산한 풍경을 연출한다. 사람이 이미 빠져나간 가게들도 있다. 이슬람 사원 앞 한때 파출소였던 건물은 이제 브라운 계열의 페인트로 어색하게 칠해져 있다. 그 앞의 바랜 민트색의 낡은 전화 부스는 여전히 그곳에 있다. 전봇대 앞에 너무나 많은 종이 박스 쓰레기 더미가 쌓여 있어서 이 거리 전체가 버려진 것 같다. 이미 사람들이 빠져나간 집과 아직 살고 있는 집이 하나의 거리에 공존한다. 어떤 집들은 벌써 조금 허물어져 있고 어떤 공간은 일찌감치 공터로 변해 있다. 이 거대한 공터에는 거대한 주상복합 건물과 대단위 아파트 단지가 들어설 예정이다.

이 거리는 현재라는 이름의 시간을 도려낸 것 같다. 이 거리의 기이한 활기는 처음부터 시한부였다. 개발의 시공사가 되기 위해 수많은 건설 회사들이 과도한 수주 경쟁을 벌였고, 이 일대에는 지하 6층에서 지상 22층 규모의 아파트 200여 개동 5천여 세대와 근린생활 시설을 짓는 공사비 2조에 달하는 엄청난 사업이 진행될 예정이다. 도심의 서쪽 구릉지에 이슬람 사원을 끼고 있는 거리는 이제 어마어마한 재정비 사업으로 전혀 다른 곳이 될 것이다. 지금 여기를 걷는다는 것은 사라질 수밖에 없는 것들의 시간을 대면하는 일이다. 이 거리가 보여준 잠깐의 활기는 사실은 재개발의 시간표를 받았기 때문에 가능한 시한부의 것이었다. 도시의 중심에 위치했지만 이질적인 문화적 분위기를 가진 산동네였기 때문에 가능했던, 이 거리의 기이한 개별성은 시간의 잿더미 사이로 묻

히게 된다. 난민들이 잠깐 머물던 곳의 온기와 활기는 지속 될 수 없는 것이다.

그가 갤러리라고 하기엔 너무 자그마한 쇼룸 공간을 보고 그 공간의 사소하고 소박한 아름다움에 잠시 사로잡힌다. 내가 사람이 빠져나간 집과 곧 버려질 집들 사이의 골목들을 응시 하고 있을 때, 그는 더 작은 사물들의 이미지들을 보고 있다. 버려진 의자들과 진열장들, 반쯤 찢어진 푸른색 비닐로 된 천 막, 무언가가 가득 채워진 부직포로 만든 가마니들, 방치된 가게 안에 펼쳐져 있는 우산, 부서진 선풍기의 날개들, 쇠사 슬에 묶여 있는 사다리들 말이다. 버려진 사물들은 이 시한부 의 거리에서 아직도 떠나지 못한 사람들과 닮아 있다. 잠깐 고개를 들어 이 산동네의 건너편 언덕, 고급 주택이 가득한 언덕을 본다. 연인들의 장소는 시한부이겠지만, 아직 남아 있 는 연인들은 난민의 시간에 머물 것이다.

검은 방

광산 때문에 생겨난 마을이 폐광으로 인해 유령의 공간처럼 변한 것을 사진으로 본 적이 있다. 건물들을 허물지 않은 상태에서 사람들의 삶이 빠져나갔기 때문에 그곳은 기이한 폐허가 된다. 마을 사람들이 들락거리던 목욕탕과 식당은 아직도 낡고 바랜 간판을 달고 있다. 인위적인 세트장처럼 사람의 온기와 소리가 없는 곳, 삶이 그곳에 없는데도 흔적으로서의 사물들만 남아 있는 곳을 무엇이라 부를 수 있을까?

나는 그에게 검은 방에 대해 묘사한 적이 없다. 더 이상 누구에게도 속하지 않고 누구도 거주할 수 없는 방, 그 방은 낡았다기보다는 망가진 곳, 방이라고 할 수 있는 모든 것이 결여된 곳. 그을음이 묻은 창문을 열어도 매캐한 냄새가 빠져나가지 않는다. 모든 사물들이 검은색이기 때문에 창문틀이나 장판의 모퉁이에 조그맣게 남아 있는 색채조차 기이하고 낯설게 보인다. 책상 서랍 속의 작고 이쁜 것들은 검게 변해 있다. 문 밑의 틈으로 빛이 새어 들어오면 검은 방은 괴로워하면서 꿈틀거린다. 그 방을 혼자 오가면서 차라리 내 눈동자를 검은 액체로 가득 채웠으면 했다. 그 방에는 가장 먼 세상의 얼굴조차 없다.

그리고 아무 의미도 없는 가정법들. 살아 있는 자들만이 재의 시간에 대해 말할 수 있는 허영을 가진다면, 잠자는 것을 단념한 밤이면 아직 내가 그 방에 있다고 느낀다면, 언젠가 그 방조차 잊게 된다면.

어떤 슬픔은 수영장의 물처럼 귓속으로 들어가 아무리 노력해도 다시 흘러나오지 않고 온몸 구석구석에 스며들어 있다. 가끔은 그 물들이 몸 안에서 출렁거리는 소리를 듣게 된다. 내가 지금 사는 방에 내가 알지 못하는 또 다른 검은 방 하나가 존재하는 것이다. 나는 그 방의 존재를 느끼지만 그 입구를 영원히 찾지 못한다. 그럴 때 내 방에서조차 현기증을 느낀다. 문은 공간을 열고 들어가는 입구가 아니라, 공간을 막고 공간을 부수고 공간을 영원히 닫아버린다. 낡은 문의 삐걱거림은 오히려 어떤 틈을 허락하는 것처럼 친근하다. 그리고 어쩌면 내가 한 번도 들어가보지 못한 그의 검은 방이 어딘가에 있을 것이고.

우리가 없는 방에서의 포옹

제임스 설터의 『가벼운 나날』의 무대는 허드슨강 변에 위치한 벽돌을 희게 칠한 빅토리아식 주택이다. 담장 안의 정원에는 집보다 큰 나무들이 있고, 오래된 온실의 지붕을 따라 철제 장식이 있는 집이다. 정오가 되면 찬란한 햇살에 노출되어 칠이 더러워지거나 벗겨진 곳을 드러낸다. 이 전형적인 미국 주택에는 겉보기에 거의 완벽하고 풍요로워 보이는 백인 중산층 부부의 견고한 삶의 디테일이 있다. 건축가인 남편과 자신을 가꿀 줄 아는 매력적인 부인과 두 자녀가 만드는 평온한 식사 시간과 저녁 파티와 음악회와 쇼핑이 있는 삶 말이다. 이 견고한 생활들은 매일 조금씩 해체되어간다. 아이들은 자라나고 사랑은 늙어가고 애완동물은 죽는다. 부주의하고 사려 깊지 못한 욕망은 모든 것을 배신하고 되돌릴 수 없게 한다. 시작을 알 수 없는 붕괴와 균열이 어느 순간 드러나고, 급기야 그들의 삶은 벽에 균열이 생기고 기둥이 쓰러지고 건물의 전면이 내려앉는다. 아마 이 집을 연인들의 장소라고 말하기는 어려울 것이다. 그럼에도 불구하고 허드슨강의 찬란한 햇빛 같은 열정의 시간들이 그 집의 어느 구석에 존재했을 것이다.

리처드 맥과이어의 만화 『여기서』에서는 창문과 벽난로 이외에는 아무것도 없는 방이 묘사된다. 이 방의 시간은 기원전 30억 50만 년부터 22175년에까지 이른다. 만화는 이 공간에 살았던 사람들의 기억의 장면들을 아득한 지구의 역사와 함께 인류학적으로 표현한다. 한 페이지의 공간 안에는 각기 다른 시간의 이미지가 동시에 펼쳐진다. 이를테면 한 페이지는 1955년, 1972년, 1930년의 커플들이 한 공간에서 포옹을 하고 있다. 같은 공간에서의 포옹의 긴 역사는 하나의 그림 안에서 동시다발적으로 발생한다. 이러한 시간의 착종은 장소의 아득한 역사성, 장소 안에 깃든 모든 시간들의 단층을 상상하게 한다.

도시의 건물들은 적절한 불투명성과 견고함으로 무장되어 있다. 그것들은 그 안에 어떤 균열과 불안을 잠재하고 있다. 익숙하고 따뜻하고 친밀한 공간은 어느 순간 낯설고 불길하고 차가운 공간으로 변할 수 있다. 부드러운 곡선들이 움직이던 공간은 날카로운 모서리만 남게 된다. 몸을 누이고 밥을 먹고 몸을 씻던 공간에서 어느 날 이사를 가게 되고 몸이 빠져나온다. 가구 아래 숨어 있던 오래된 먼지들이 뒹구는 것을 볼 때, 그 공간이 얼마나 낯설고 무심한 물질적 공간이었는지를 뒤늦게 깨닫게 된다. 그 방 안의 온기와 내밀함은 순식간에 사라지고 차갑고 얇은 공기로 가득 차게 된다. 공간의 본래적인 침묵은 두려운 것이다.

그 방을 비워야 했을 때, 새로 들어올 입주자가 미리 그곳으로 가구를 주문해놓았기 때문에 통화를 하게 되었다. 얼굴도 이름도 알지 못하는 입주자가 이상하게 오래전부터 알고 지내던 사람처럼 느껴진다. 그 사람이 이 방에서 보내게 될 시간에 대해서도 미리 알고 있는 것처럼 말이다. 그 방을 정리한 뒤에도 그 골목을 걸어가야 할 때가 있다. 밤의 골목에서 그 방에 불이 켜져 있는 것을 보고 아직도 '우리'가 그곳에 있다고 느낀다. 두 사람의 가벼운 웃음소리가 들리는 것 같다. 그 방 안에 남아 있는 그와 나는 포옹을 하고 있다. 나는 그에게 한없이 다가가지만 교차할 뿐이다. 다만 그의 상기된 뺨의 온기를 감지할 수 있다. 두 몸이 한없이 가까워져도 그 몸의 '사이'는 사라지지 않는다. 피부를 끝없이 만져도 피부의 표면에서 미끄러지는 것처럼. 포옹은 영원히 완성되지 않고 다만 '가까이'의 세계에 다가갈 뿐이다. 그 방에는 한없이 껴안지만 영원히 일치하지 못하고 동시에 조금씩 멀어지는 연인들이 있다.

단 한 번, 그 집의 현관문 앞에서 서성인 적이 있다. 문은 닫혀 있을 때와 열려 있을 때 전혀 다른 공간이 된다. 문은 초대하고 유혹하고 응답하고, 그리고 거절하고 배반하고 봉쇄한다. 문을 연다는 것은 그 안쪽의 세계가 열린다는 것이다. 하지만 열지 못하고 문밖에 서 있을 때 문은 사각형의 벽이다.

그가 없는 혼자만의 방에서 유일하게 나는 소리는 저가형 냉장고의 웅웅거리는 소음뿐이다. 냉장고는 생뚱맞은 사물이다. 새벽에 목이 말라 냉장고 문을 열면 당혹스러운 불빛이 얼굴에 쏟아지고, 문을 닫으면 그 작은 세계는 다시 봉인된다. 냉장고 안에 있는 식물과 동물의 잔해들은 사실 죽은 것인데 신선하다는 착각을 하게 만든다. 죽음을 유예하는 차갑고 기이한 시간이 그 안에서 웅웅거린다. 그와 함께 있을 때 냉장고의 소음은 잘 들리지 않는다. 그의 음색은 냉장고의 소음과 대척점에 있다. 나는 그의 목소리의 질감을 떠올리려 한다. 기뻐할 때와 나직하게 말할 때, 호기심에 가득 차서 말할 때와 끊임없이 질문을 이어갈 때, 그의 목소리는 전혀 다른 뉘앙스를 가진다. 모래를 스치는 바람 소리와 첫 빗방울이 건조한 흙 위에 떨어지는 소리, 밤의 어둠 속에서 싱크대 위의 페트병이 혼자 내는 소리를 어떻게 분류할 수 있을까? 그의 목소리는 분류될 수도 규정될 수도 없고, 공간의 리듬에 개입하는 예측 불가능한 악기의 소리이다. 목소리의 질감은 정확하게 재현되거나 기억될 수 없다.

그가 창문을 열고 골목을 내려다보고 있다. 그런 느낌을 받을 때마다 약간의 전율이 일고 가슴 아래쪽이 답답해져서 그 골목을 지나는 것을 피하고 싶다. 그럼에도 불구하고 그 골목을 피하지 말아야 한다고 생각한다. 손가락에 베인 상처나 다리의 멍 자국을 어느 날 발견하지만, 그것이 어디에서 온 것인지 알지 못한다.

시간 너머의 창문

스타니스와프 렘의『솔라리스』에서 행성 솔라리스의 우주 정거장에 파견된 심리학자인 크리스는 10년 전에 자살한 연인 하레이를 예전 모습 그대로 마주하게 된다. 하레이는 커튼 사이로 붉은 태양이 비치는 창가에 그때의 모습으로 앉아 있다. 그녀는 죽은 연인과 똑같은 얼굴을 하고 있지만 크리스는 그녀가 진짜 하레이라고 확신하지 못한다. 심지어 그녀 자신도 자신의 정체에 대해 혼란에 빠져 있다. 그녀를 우주 정거장 밖으로 보내버리지만 그녀는 어느새 다시 나타난다. 그녀는 하레이에 대한 크리스의 죄의식이 만들어낸 존재이자 '기억의 물질'이다. 크리스는 다시 나타난 기억의 재현으로서의 그녀를 사랑할 수 있을까? 가장 가슴 아픈 존재는 시간을 가늠할 수 없는 유령의 방식으로 출현한다. 연인은 광대한 우주 한구석의 행성 '생각하는 바다'로부터 시간 너머의 창문에서 불현듯 현전한다.

그가 있는 곳은 열 시간의 시간 차가 있는 먼 나라이다. 시차의 감각은 이중적이었다. 한편으로는 그가 아주 먼 곳에 있다는 느낌을 주었지만, 그것은 공간적인 것이 아니라 시간의 감각이다. 나는 아침에 일어나 그에게 '잘 자'라는 인사를 전하고, 그는 밤에 아침의 안부를 묻는다. 함께 나눈 시간들은 아득했지만, 어쩌면 겨우 열 시간 전에 일어났던 일일 것이다. 나는 열 시간 전의 그의 감각을 떠올린다. 그가 먼 곳에서의 사진을 보내면, 그가 있었던 저녁 노을에 물든 거리와 기찻길 옆의 평원은 열 시간 전에 존재했던 장소들이다. 열 시간 전에 손바닥 안쪽의 피부를 스치는 감각과 그의 관자놀이가 뛰는 리듬을 느낀다. 마주 앉은 식당에서 일시에 소음이 사라지게 만드는 그의 무구한 눈빛을 본다. 열 시간 전에 그는 침대 주위를 서성거리거나 벽을 향해 서 있다. 나는 그의 현재의 순간들을 알지 못하지만 그의 열 시간 전을 알고 있다. 세상의 모든 이별이 열 시간의 시차를 두고 벌어지고 있다.

여행지의 낡은 창문에는 1층 정도 높이의 배롱나무 하나가 보인다. 잎이 없는 검은 가지에 눈이 날리다 이내 쌓이기 시작한다. 눈발이 점점 굵어지면서 나무는 일순간 흰빛에 휩싸였다. 원래 흰빛이었던 것처럼 나무는 눈부시게 반짝이기 시작한다. 그 반짝임 앞에 그가 있다. 아무 말도 없이 아무 행위도 없이 창문을 향해 서 있다. 뒤돌아보지 않아도 그라는 것을 알 수 있다. 그의 목과 어깨의 곡선을 정확하게 헤아릴 수 있다. 그의 어깨 너머 눈이 갑자기 그치고 나뭇가지의 흰빛들이 조금씩 흘러내리기 시작한다. 열 시간 전의 모습으로 돌아간다. 그제야 그을린 나무의 가지들이 햇빛 아래 드러난다. 불에 탄 기이한 모습의 나무는 아주 오래전부터 그런 모습을 하고 있었을 것이다. 7월이면 붉은 꽃을 매달던 시절은 아득한 세월이다. 죽은 채로 바람과 비를 맞고 가끔은 눈으로 그을린 몸을 감추었을 것이다. 처음 불타오른 때의 연기와 그을림이 가지에 여전히 스며들어 있다. 내부에 물기가 없는 죽은 나무는 못 박힌 짐승의 사체처럼 서 있다.

나는 열 시간 전의 그를 향해 웃는다. 어떤 단어도 나에게 찾아오지 않는다. 열 시간 사이에 다른 바다와 다른 대륙이 있다는 것은 사소한 일이다. 그는 먼 곳에 있는 것이 아니라 고작 열 시간 전의 창문에 있는 것이다. 창문으로 다가가 열 시간 전의 그에게 손을 뻗는다. 열 시간 전의 투명한 허리와 어두워지는 등과 희박한 얼굴이 그곳에 있다.

도래하는 장소로부터

사랑이라는 사건은 두 사람을 사랑의 무대에 올려놓고 장소의 질서에 균열을 일으킨다. 용도와 정체성이 규정되어 있던 장소는 임의적이고 잠재적인 것이 된다. 연인들의 장소는 불균질하다. 그것은 조그만 얼룩이고, 작게 난 흠집이고, 찔린 자국이고, 부식된 쇠붙이이고, 우연한 구멍이다. 연인들의 장소는 그곳의 특이한 속성 때문에 장소가 되는 것이 아니다. 이를테면 '어둡다'와 '밝다' 혹은 '따뜻하다'와 '습기 차다' 같은 속성들이 그 장소를 연인들의 장소로 규정하는 것이 아니다. 장소가 연인들의 장소가 된다는 것은 사랑의 수행성의 문제이다. 연인들의 장소에서 '사랑-하다'는 '장소-하다'와 동의어이다. 연인들에게 장소는 명사가 아니라 동사이다. '장소-하다'를 통해 그 장소의 본래적인 특성 이상의 다른 차원을 갖게 된다. 장소는 사회적·물질적 특성에 묶여 있지 않고 다른 공간으로 변환된다. 어두운 곳, 혼잡한 곳, 축축한 곳은 단지 그런 성질의 장소가 아니다. 그런 곳들은 찬란한 곳, 고요한 곳, 건조한 곳이 될 수 있다. 침대는 뗏목이 되고, 욕조는 우주선이 되며, 계단은 방이 된다.

'장소-하다'라는 사건은 사랑의 행위가 지나간 이후에도 지속될 수 있을까? 연인들의 장소를 지속하려는 열망은 필연적이지만 그 지속성의 상실을 통해 사랑은 새로운 시간성을 마주한다. 장소의 일회성은 시간의 일회성과 만난다. 연인들의 장소의 필연적인 특징은 '사라짐'에 있다. 연인들의 장소는 지속될 수 없고 지속되어서도 안 된다. 연인들은 삶의 영원한 장소로부터 박탈당했다는 것을 알게 되고, 그 박탈은 마땅한 것이다. 사라짐을 배경으로 하고 있기 때문에 장소는 고유하다. 장소는 엷게 문질러진 납작한 이미지로 변하며 그 촉각적인 디테일은 보존되지 않는다. 그 공간이 어디서 시작되고 어디에서 나누어지며 어느 지점에서 굴절되고 언제 부서져버리는가는 기록되지 않는다. 그 장소들의 앞과 뒤, 왼쪽과 오른쪽은 익명의 공간들이지만, 연인들의 몸이 그 부드러운 곳과 거친 곳과 움푹 팬 부분과 튀어나온 부분을 스쳐 지나갔다면, 그 장소의 세부들은 상상할 만한 것이 된다. 촉각의 세계는 상상하지 않으면 더 빨리 사라진다.

그 장소의 미세한 흔적들을 문장으로 번역하는 것은, 예리한 상실감을 감당하면서 사랑이 그곳에 '존재했음'을 확인하는 작업이다. 활기차던 상점의 문이 닫히고 갑자기 불이 꺼져서 바깥의 유리창으로 그 상점의 내부를 들여다볼 때, 그 낯섦과 손바닥에 닿는 유리창의 차가움을 감당해야 한다. 장소에 대해 계속 쓴다는 것은 그 상실의 구체성을 끝없이 환기하고 그 구체성에 닿지 못하는 모멸감과 무력감을 무릅쓰는 것이다. 그런 글쓰기는 '그'를 위한 것도 '나'를 위한 것도 아니며, 어떤 것도 보상하거나 승화하지 못한다. 그것은 장소의 역사를 기록하는 것이 아니라, 장소의 흔적들과 파편들 사이에서 장소의 몽타주를 그리는 작업이다. 장소들의 마주침과 틈새가 만드는 장소의 몽타주는 장소에 다른 리듬을 부여한다.

우연한 장소들과의 마주침에 대해 영원에 다가가지도 못하는 문장을 기입하는 것은, 사랑이라는 사건에 대한 충실성을 의미한다. 그것은 장소의 압도적이고 광물적인 침묵에 사랑의 문장을 기입하는 것이다. 문장들은 그 장소의 침묵에 가까워지려 한다. 연인들의 장소에 대한 상상은 애도의 방식이 된다. 연인들의 사라진 장소는 날카로운 비문으로 채워져 있지만, 망자의 이름이 없는 묘비이다. 잊지 않기 위해서 비문은 계속 다시 쓰여야 하지만 진정한 문장 같은 것은 없다. 그 비문은 어디에도 귀속되지 못하고 어떤 장소도 규정하지 않기 때문에 물 위에 쓰는 비문과 같다. 다만 연인들의 피부가 머물렀던 사물들에 대한 감각을 다시 떠올리게 할 수 있을 뿐이다. 그것은 한 번도 이겨본 적이 없는 시간과의 싸움을 지속하는 일이다. 그리고 하나의 장소를 상상하려는 열망은 미지의 장소성을 발견하려는 욕망으로 전환된다.

어느 수상한 봄날이 다시 돌아와서 미지의 장소들을 다시 찾게 된다면, 그런 미래를 무엇이라 불러야 할까? 아주 흐릿하게 오겠지만, 어쩌면 이미 와 있을지도 모르는 그런 미래. 그와 나의 장소는 남은 이야기에도 연대기에도 없으며 가려진 세부 속에만 있다.

장소는 번역 불가능하고, '장소 없음'의 조건 위에서만 존재한다. 장소의 기억과 상상력은 시간 착종을 실현한다. 장소는 덧없이 사라지지만 동시에 잔존한다. 아직 도래하지 않은 장소는 연인들의 시간의 그림자이다. 장소의 상상력은 기억 너머의 남겨진 시간의 목소리를 듣는 것이다. 사랑이라는 사건의 급진성은 장소를 변형하는 데만 그치는 것이 아니라, 장소의 시간 자체를 변화시킨다. 연인들의 장소는 과거와 현재와 미래의 구별을 넘어서는 잠재적이고 징후적인 시간을 대면하게 한다.

연인들은 하나의 시간대에 살지 않는다. 연인들의 사소한 사건은 장소의 과거와 현재와 미래를 모두 변모시킨다. 연인들의 장소는 기억 너머의 잔존과 미래의 시간 속에 있다. 지금

이 순간, 연인들의 장소는 지나간 것과 도래할 것 사이에서 연인들의 몸을 감싼다. 수줍고 무모한 연인들은 메마른 피부로 만짐의 사건에 몸을 던진다. 사랑의 시간은 장소의 순서를 뒤섞어버리고 다른 장소에서 다시 시작된다. 도래할 연인들의 장소는 사랑의 사건 안에서 이미 만들어지고 있다. 연인들의 장소만이 도래하는 장소이다. 연인들은 장소를 재발명한다.

참고문헌

인용한 책들

파스칼 키냐르, 『로마의 테라스』, 송의경 옮김, 문학과지성사, 2002.

아니 에르노, 『단순한 열정』, 최정수 옮김, 문학동네, 2012.

마크 오제, 『비장소』, 이상길·이윤영 옮김, 아카넷, 2017.

미셸 푸코, 『헤테로토피아』, 이상길 옮김, 문학과지성사, 2014.

롤랑 바르트, 『사랑의 단상』, 김희영 옮김, 문학과지성사, 1991.

마르그리트 뒤라스, 『연인』, 김인환 옮김, 민음사, 2007.

베른하르트 슐링크, 『책 읽어주는 남자』, 김재혁 옮김, 시공사, 2013.

윌리엄 셰익스피어, 『셰익스피어 전집』, 이상섭 옮김, 문학과지성사,
    2016.

버지니아 울프, 「큐 식물원」, 『디 에센셜 버지니아 울프』, 이미애
    옮김, 민음사, 2021.

보후밀 흐라발, 『너무 시끄러운 고독』, 이창실 옮김, 문학동네, 2016.

다니엘 페나크, 『몸의 일기』, 조현실 옮김, 문학과지성사, 2015.

사데크 헤다야트, 『눈먼 부엉이』, 배수아 옮김, 문학과지성사, 2013.

윌리엄 트레버, 「그 시절의 연인들」, 『윌리엄 트레버』, 이선혜 옮김,
    2015, 현대문학.

밀란 쿤데라, 『참을 수 없는 존재의 가벼움』, 이재룡 옮김, 민음사,
    1999.

크리스토프 바타유, 『다다를 수 없는 나라』, 김화영 옮김, 문학동네,
    2006.

사뮈엘 베케트, 「첫사랑」, 『첫사랑』, 전승화 옮김, 문학과지성사, 2014.

리처드 플래너건, 『먼 북으로 가는 좁은 길』, 김승욱 옮김, 문학동네, 2018.

조이 윌리엄스, 「어렴풋한 시간」, 파리 리뷰 엮음, 『모든 빗방울의 이름을 알았다』, 이주혜 옮김, 다른, 2021.

앤드루 포터, 「빛과 물질에 관한 이론」, 『빛과 물질에 관한 이론』, 김이선 옮김, 문학동네, 2019.

모니카 마론, 『슬픈 짐승』, 김미선 옮김, 문학동네, 2010.

앨리스 먼로, 「아문센」, 『디어 라이프』, 정연희 옮김, 문학동네, 2013.

크리스 마커, 『환송대』, 이윤영 옮김, 문학과지성사, 2018.

아니 에르노, 『부끄러움』, 이재룡 옮김, 비채, 2019.

존 치버, 「메네, 메네, 데겔, 우바르신」, 『사랑의 기하학』, 황보석 옮김, 문학동네, 2008.

유디트 헤르만, 「아리 오스카르손에게 향한 사랑」, 『단지 유령일 뿐』, 박양규 옮김, 민음사, 2015.

로맹 가리, 「새들은 페루에 가서 죽다」, 『새들은 페루에 가서 죽다』, 김남주 옮김, 문학동네, 2007.

애니 프루, 「브로크백 마운틴」, 『브로크백 마운틴』, 전하림 옮김, F(에프), 2017.

메도루마 슌, 「바람 소리」, 『물방울』, 유은경 옮김, 문학동네, 2012.

마루야마 겐지, 『달에 울다』, 한성례 옮김, 자음과모음, 2015.

아베 코보, 『모래의 여자』, 김난주 옮김, 민음사, 2001.

마이클 온다치, 『잉글리시 페이션트』, 박현주 옮김, 그책, 2010.

제임스 설터, 『가벼운 나날』, 박상미 옮김, 마음산책, 2013.

리처드 맥과이어, 『여기서』, 홍유진 옮김, 미메시스, 2017.

스타니스와프 렘, 『솔라리스』, 최성은 옮김, 민음사, 2022.

참고한 책들

가스통 바슐라르, 『공간의 시학』, 곽광수 옮김, 동문선, 2003.

김광현, 『거주하는 장소』, 안그라픽스, 2018.

김광현, 『질서의 가능성』, 안그라픽스, 2018.

김현경, 『사람, 장소, 환대』, 문학과지성사, 2015.

나카무라 유지로, 『토포스』, 박철은 옮김, 그린비, 2012.

롤랑 바르트, 『롤랑 바르트가 쓴 롤랑 바르트』, 이상빈 옮김, 동녘,
       2013.

모리스 블랑쇼·장-뤽 낭시, 『밝힐 수 없는 공동체|마주한 공동체』,
       박준상 옮김, 문학과지성사, 2005.

서영채, 『풍경이 온다』, 나무나무출판사, 2019.

알랭 바디우, 『사랑 예찬』, 조재룡 옮김, 길, 2010.

오토 프리드리히 볼노, 『인간과 공간』, 이기숙 옮김, 에코리브르,
       2011.

이-푸 투안, 『공간과 장소』, 윤영호·김미선 옮김, 사이, 2020.

조르조 아감벤, 『도래하는 공동체』, 이경진 옮김, 꾸리에, 2013.

조르주 디디-위베르만, 『반딧불의 잔존』, 김홍기 옮김, 길, 2020.

조르주 바타유, 『에로티즘』, 조한경 옮김, 민음사, 2009.

조르주 페렉, 『공간의 종류들』, 김호영 옮김, 문학동네, 2019.

진은영, 『문학의 아토포스』, 그린비, 2014.

이 책은 왜 쓰여졌을까?

아마도 연인들의 시간이 장소를 어떻게 바꾸는지에 관한 생각에서 출발했을 것이다. 사랑이라는 사건의 수행성과 장소성에 대한 관심이 이런 글쓰기를 이끌었다. '연인들은 장소를 발명한다'라는 문장에 사물을 둘러싼 촉각의 세계와 피부의 시간을 채워 넣고 싶었다. 비대면의 시대에 접촉의 장소성을 사유하는 것은 사고실험 같은 것이다. 이 책은 장소에 대한 인문서에도, 공간과 건축에 관한 이론서에도, 소설과 에세이와 크리틱에도 미달할 것이다. 장소와 사랑에 관한 유물론은 한없이 사소해졌다. 다만 사랑의 장소성에 대한 상상력이 또다른 정치적·미학적 리듬을 가지게 되기를 바랄 뿐이다.

1부는 장소와 연인들의 공동체를 둘러싼 개념에 대한 탐구이고 2부, 3부, 4부는 각각 '내밀한' 연인들의 장소와 '개방적인' 연인들의 장소, 그리고 보다 '원초적인' 연인들의 장소에 대한 상상적 탐색을 담고 있다. 간접 인용된 소설들은 연인들의 장소에 대한 상상력을 촉발시킨 독서의 순간을 만들어준

텍스트들이다. 이 책은 그동안 필자가 작업해온 '익명의 에세이' 혹은 '픽션 에세이'의 연장에 있는 것이지만, 조금 더 '인문-픽션' 텍스트에 가까워졌다. 징후로서의 '미래의 기억'은 과거에도 미래에도 속하지 않고, 쓰기-읽기의 현재에만 출현한다. 글쓰기는 기억의 문제가 아니라, 촉각적인 사물들의 세계를 둘러싼 사유와 상상력에 속했다. 3인칭 '그'를 향한 문장들에서 '나'와 '그'가 익명적이고 중성적인 존재로 설정된 것은, 성적 정체성을 고정하지 않고 대상화하지 않기 위한 방식이다. '나'는 복수로 출현하고, 아토포스적인 존재로서의 '그'는 어디에도 고정되어 있지 않으며 그 정체를 알 수 없다. 장소들은 '그와 나의 부재'를 관통했다. 마치 지상에 없던 얼룩처럼.